U0105293

# 暴雨和绵羊

## BAOYU HE MIANYANG

安琪 著

地理也在
选择它的诗人 ……

内蒙古人民出版社

**图书在版编目（CIP）数据**

暴雨和绵羊/安琪著. —呼和浩特：内蒙古人民出版社，
2023.9（2023.11 重印）

ISBN 978-7-204-17678-6

Ⅰ.①暴… Ⅱ.①安… Ⅲ.①诗集-中国-当代

Ⅳ.①I227

中国国家版本馆 CIP 数据核字（2023）第 130248 号

· 欣赏诗电影
· 写下读诗感悟
· 参与朗诵大会
· 一起品诗写诗　　　"美丽中国"书系品牌主理人：杨碧薇

## 暴雨和绵羊

| | | |
|---|---|---|
| 作　　者 | 安　琪 | |
| 策划编辑 | 王　静　董丽娟 | |
| 责任编辑 | 董丽娟 | |
| 封面设计 | 格恩陶丽 | |
| 封面摄影 | 林东林 | |
| 出版发行 | 内蒙古人民出版社 | |
| 地　　址 | 呼和浩特市新城区中山东路 8 号波士名人国际 B 座 5 层 | |
| 网　　址 | http://www.impph.cn | |
| 印　　刷 | 内蒙古爱信达教育印务有限责任公司 | |
| 开　　本 | 889mm×1194mm　1/32 | |
| 印　　张 | 9.375 | |
| 字　　数 | 364 千 | |
| 版　　次 | 2023 年 9 月第 1 版 | |
| 印　　次 | 2023 年 11 月第 2 次印刷 | |
| 书　　号 | ISBN 978-7-204-17678-6 | |
| 定　　价 | 26.00 元 | |

如出现印装质量问题，请与我社联系。

联系电话：（0471）3946120

# 目录

# 安琪的诗歌风景

杨碧薇

2022年8月，在前往山西永和的旅途中，安琪和我聊到了她行走各地写下的诗歌。我受她所托，有幸为这部诗集作序，于是第一时间阅读了她的《暴雨和绵羊》。安琪的创作很勤奋，没有人能反驳这一点，但她的行吟诗竟这么多，还是超出了我的预想。我也喜欢到处逛走，并非每个地方都能激发我的写作灵感。对我而言，要写出行吟诗，并非易事；要写好行吟诗，更是难上加难。

而对安琪来说，写行吟诗似乎不难。那次在永和，她第一时间就写下了《乾坤湾》，开篇即言："神秘的飞碟/停泊于此，不知它来自哪里/亦不知它因何而来。"乾坤湾是黄河晋陕大峡谷内一道亮丽的风景——黄河流经永和时，形成了一个S形的大弯，弯道中间还有一片凸起的沙洲，远远望去，仿佛一幅巨型太极图。安琪将乾坤湾喻为"神秘的飞碟"，实在是太形象了！这不正是诗的奇妙之处吗？——当一个沉睡的意象被诗人说出，别人会恍然大悟，"噢，果然如此"；而诗人说出它之前，别人无论如何也想不到。从这个意义上讲，诗，就是出其不意又贴切精彩地"说出"；诗人，就是唤醒意象的人。

在乾坤湾，安琪一眼就看到了"飞碟"。她还有不少行吟诗，都有

"一眼"的功夫，比如《阳光只有洒遍草原才叫尽兴》：

> 姑娘们喊着一二三
>
> 跳
>
> 摄影师抓住她们的跳了

旅途中最不缺各色各样的场景，安琪不贪心，只记录了一个视觉瞬间，"跳"。这首诗的诗意，需要的正是这一"跳"。摄影师抓住了姑娘们的"跳"，安琪也抓住了诗意之"跳"。旅行催生诗意，亦放跑诗意，好在安琪是一名老练的摄影师，她按动视觉的快门，诗意便被定格了。说她老练，其实不够准确，读过安琪大量的诗，我更倾向于认为：她能在诗意发生时按动快门，是因为有先天的禀赋，勤奋的书写不过是强化了天赋，诗歌写作首先还是得有天赋。

感知力，是诗写天赋重要的组成。对于世界，安琪有自己的感知，能把任何事物都转化为轻松的叙述。她写过一首《哈拉库图》，熟悉新诗的人都知道，这个题目来自昌耀。《哈拉库图》是昌耀的名篇，写得庄严、浩瀚、饱满而感伤。安琪的《哈拉库图》以昌耀的《哈拉库图》为书写对象，包含着致敬昌耀之意："昌耀的/哈拉库图，此刻我们，就在其间。"她还专门引用了昌耀的一句诗，"是这样的寂寞啊寂寞啊寂寞啊"。诗至此处，她的书写仍在致敬诗的"套路"中。不过，你要是认为她会沿着"套路"写下去，就大错特错了。不同于一般的致敬诗，她在这首诗里对致敬对象（昌耀）的观察不是聚焦式的，很快，她笔锋一转，将视线滑向当下，写自己目之所见：

一岁零七个月的孩子

推着他的小童车打转转，奇异

又欢喜的感觉在我心中滚动，不说话的孩子

请接受我爱的表达，请被爷爷抱在怀里跟我

来到小卖部，我给你买八宝粥，我给你买饼干


行至这一段，典型的安琪式声音正式从致敬诗的"套路"里逸了出来：她在致敬昌耀，但并非袭用昌耀的言说方式来致敬昌耀，而是将致敬糅合到自身的观感中，放到真实可感的在场性里。这正是安琪诗歌的一大特点：用在场的感知来处理宏大题材。安琪是有气象的诗人，她的《长河与落日》《致泰伯》等诗都关涉宏大主题。汉语新诗如何处理宏大？最常见的方法之一就是解构。安琪早年创作的不少诗，就具有解构宏大的魄力。但她的方法不局限于解构，在行吟诗里，她更多的是为宏大松绑、解压；处理过程中，宏大本身并未被消解，其本质属性被保留下来。在对宏大题材的处理上，安琪可谓做到了举重若轻。面对宏大，她心怀敬意，又不慌不忙。她用自己的感知去感悟宏大，而非用被灌输的思想或观念去理解宏大，因此，任何宏大经她叙述，都会变成从容且不失张力的呼吸；诗人与宏大的对话，也在放松的呼吸里完成。

在语言上，安琪的举重若轻首先显形为节奏。我很早就注意到，她的诗自带他人模仿不了的节奏。以感叹的节奏为例，一般情况下，叹词是表达感叹的绝佳载体；但对新诗这样一种讲究语言创造的文体来说，使用叹词很容易落入俗套，用得不好，反而会让感叹显得虚假，情感的浓度也因此降低。如何感叹？安琪自有一套——以句子代替叹词。当她要表达感叹时，常常会使用一些复沓的句子，有时复沓中会有小小的变

奏，有时复沓又升级为变奏式的排比。试看两例：

你缩回宝马车的窘相寒冷看了会笑

你缩回宝马车的窘相荒凉看了会笑

（《冬，希拉穆仁草原》）

把阿尔山搬到诗里用美学的铁锹够不够？

把阿尔山搬到诗里用情感的挖掘机够不够？

把阿尔山搬到诗里我没有铁锹也没有挖掘机

（《阿尔山之诗》）

这种方法，放在别人的诗里，效果未必好，因为复沓与排比也是新诗的双刃剑；但放在安琪的诗里，往往会起到事半功倍的作用，因为她的整个言说方式、情绪呼吸方式、情感发声方式与这些句式是统一的，节奏是协调的。若你听过她说话，会更明白，这样的表达方式与她本人的腔调完全吻合。她的诗歌，就是用自己的口吻说出来、喊出来、唱出来。她的感叹忠于自身感受，是实实在在的，真真切切的。对自我的忠实，塑造了她诗歌落落大方的面貌，涵养了她诗歌神清气爽的气韵。感叹，进一步讲，抒情，是汉语诗歌的基因。在百年新诗史中，抒情经验的贬值是一个无法回避的问题。抒情的泛滥和假大空，对汉语新诗造成了严重的伤害。安琪用她的敞亮与大方，用真实的感知，绕过了抒情的危机。情到浓处，发言为诗，她便自然地说出来、喊出来："能点燃春天的人都是了不起的人！"（《北京之春》）"秋天，我也要金黄色！"（《秋到延边》）"谁能为玉龙雪山增高一厘米？白云！"（《蓝月谷的蓝》）……

如此抒情，用词语敲击词语，用感叹发酵感情，语势上亦富有感染力，诗由此玉成。

最后，我还想简要谈谈写作态度与诗歌的关系。有的诗人将诗视为游戏，有的诗人将诗视为日常，但是安琪不。她热爱诗歌，敬畏诗歌，视诗歌为信仰，且毫不掩饰强大的写作欲望。在瞬息万变的当代社会，一个人的一生会面对众多的选择，安琪只选择了诗。二十一年前，她在故乡福建漳州写诗。现在，已定居北京的她仍然在写："诗不老，我不老//诗不死，我不死。"（《春天的少女》）

写，已是安琪的人生不可分割的一部分。多年如一日，她将生命投递给诗。从这个角度来看，方能想通她为何有这么多行吟诗：写作如同未知的旅行，途中会收获风景，也有艰难跋涉；而行吟诗既是对旅途的记录，又是对写作过程本身的记录，它就是存在的见证，是一个人的诗人生命的见证。数十年来，安琪一路走一路写，她和她的写作，已成为当代新诗史上一道不可替代的风景；她的诗人生命，在行走与书写中不断丰沛。"从这里走出去的一首诗/尚未写出"（《解州关帝庙》），我有一万个理由相信，她还在等待下一首诗，还会继续写下去。

2023-4-25—2023-4-30 北京—云南昭通

# 【北京】

## 康西草原

康西草原没有草，没有风吹草低的草，没有牛羊

只有马，只有马师傅和马

康西草原马师傅带我骑马，他一匹我一匹，先是慢走

然后小跑，然后大跑，我迅速地让长发

飞散在康西草原马师傅说

你真行这么快就适应马的节奏

我说马师傅难道你没有看出

我也是一匹马？

像我这样的快马在康西草原已经不多了。

2005-3-26 北京

# 曹雪芹故居

2005 年春节我做了两件与曹雪芹有关的事

一、第九遍读《红楼梦》

二、和小钟到黄叶村看曹雪芹故居


这两件事又分别引发两个后果

一、读《红楼梦》读到宝玉离开家赶考时哭了

（宝玉说，走了，走了，再不胡闹了。）

二、看曹雪芹故居看到曹家衰败时笑了

（我对小钟说，曹家的没落为的是成就曹雪芹。）


在黄叶村曹雪芹故居里

我一间房一间房地走过，正是暮晚时分天微微有些阴

行人绝迹，一钟一安一曹尔。

2005-3-26 北京

## 京东大峡谷

那些水多么傻，在喧腾的瞬间被定住
它们直挂在悬崖上
你的手抓住它
像抓住一个崭新的白昼

你要我下去和你一起抓住那些水
但那些水又那么聪明
它们躲在满潭坚硬的冰面对岸
使我们在靠近它们的瞬间跌倒
被四野的石头撞上
京东大峡谷
当我们穿行其间一个潭
一个潭
走过
往事历历
如鲠在喉

你的童年不说话
你的少年不说话

你的青年半截在我这里
半截在
不说话的夜里

当我开口
冰冻住了我，我的童年在说话
我的少年在说话
我的青年半截在你那里
半截在
不说话的夜里

当潭水解冻
从京东大峡谷穿行而过
我会用满天的星斗接住你
你的话那么多
来不及盛好就已天亮

2006-2-3 北京

# 北京往南

慢慢知道方向，知道北京往南，有山东和福建

铁路时而笔直，时而卷曲

当我的眼睛望向树们逐渐转绿的归宿

北京—福建，究竟要途经多少省市请别让我计算

列车时而卷曲，时而笔直

道旁的山、房屋并未因

新春将至而感盎然

你在车上

手捧回乡的心，并未因

故园将至而感欣悦

当我的眼睛望向空气逐渐湿润的所在

北京—福建

我的喉咙深藏百年而不动。

2007-2-10 北京

## 菜户营桥西

自此我们说，可以拐弯了，可以走辅路走路漫漫的路
其路也修远其求索也艰辛其情也苦其爱也累其人其物
不值一文其生已过半其革命已成功或尚未成功其遭遇
也丰硕也奇异也幸福也荒诞那么我们说，你还要什么
你，在路上的你，追赶时间的你，欠死亡抽你揍你的
你，女性主义的你，你还想要什么？

菜户营已到，这左一道右一道的桥嫁接在空中使平地
陡然拔高几米，你转悠其间自此我们说，可以安歇了
那些临近崩溃的楼层在夜晚换了面目，孤云缠绕某夜
我们看见月亮像白血病患者惨淡的脸凄清而哀怨某夜
凉风曝光了草丛中草拟的意识流我们在长椅上的幻想
那些过往的困惑因絮叨而成形而复活落迹于刹那光影

我们，在路上的我们，被时间追赶的我们，热爱活着
的我们，并不存在的我们，我们还能要什么？

2009-6-22 北京

## 冬天里的春天在香山

唯有你

看到了冬天里的春天在香山

红叶杳迹

三五行人不等

唯有你驱赶寒意遍地喧哗

爬上枯枝充当新绿

当夜晚降临

古老的山径苔藓纷长

犹如群蛇出动

你看到琉璃瓦趁着月色把自己

清洗一遍，那从山巅顺风而下

那在你面前轻盈刹住的春天的

脚，春天！

2012-11-30 北京

## 在鲁院见证一场大雪的前夜

我们见证了白日之雪的前夜它纷飞于鲁院
迷离灯光的身姿恍如一场来自上天的
梦。

粉红衣服的梦，蓬松松。
大理石题字的梦，递进式的逻辑。
刚刚含苞的黄玉兰的梦，闪烁的小灯点点。
鲁迅塑像的梦，粗线条的人生。
巴金手迹的梦，老人临终抖颤的心愿。
沈从文的梦，在绝境面前你需要转个弯。
玻璃屋檐的梦，再重的雪花也无法说服它碎裂。
湖水微漾的梦，一群锦鲤从冬之深处游了过来。

我们见证了白日之雪的前夜——
被冬天遣散的雪之大军，被寂静和遗忘牵着
集体向春天降落。

2013-4-1

## 秋日之末游园博园

从哪里辟出这两个飞机场大的园博园独立于京城之外
仿佛。

地铁越来越空
我们越来越兴奋仿佛来到了京城之外，我们。

燕山远处
园博园近处
新啊，万物皆新
花草，建筑，空气，和虫儿啁哳
白云的波涛涌起在天蓝色的幕布上
在高处
大海，翻转到我们头上以供我们惊叹

在园博园行走，或坐卧
这秋日之末阳光晒晕了我们的眼但晒不疼我们的脸
这秋日之末的阳光！

毛茸茸的狗尾巴草穿上脆薄的黄衣裳

这秋日之末的阳光
并不能让死去千年的胡杨复活
但胡杨何曾死去?!

现在
月亮出来了，一天将尽
月亮的弯镰刀收割京城的喧闹和京城之外的空旷
来了。

两个飞机场大的园博园，月亮要劳作一个晚上
直到天明，阳光重新播下种子——
悄无声息
或大放异彩

2013-9-11

# 西海子公园

## ——兼怀李贽

白灰石面孔斑驳的假山聚集在门口的
西海子公园。

尚未被风吹倒雨淋垮的通州塔在远处矗立
仿佛看管着西海子公园。

手持红绸带扭秧歌的妇女，石椅上吹萨克斯的老汉
他们都有同样的赘肉归属于中年，哦，西海子公园。

李贽墓墨迹脱落的周扬题字，无人瞻仰的此时
此地，我来此鞠躬祭拜，我想问先贤——

当你执意割喉自刎也不愿被发配回乡
心里想的究竟是什么？哦西海子公园。

这个下午，狂风中齐刷刷抖动的银杏树叶
仿佛打起了醉拳，哦万头摇动的银杏树叶

在黄昏中是你们削薄光线，不断加重

西海子公园的沉寂，与荒凉。

2014-6-20

# 北京之春

春天在永定门外等我

我从十四号地铁冒出头，杨柳树

已抽出嫩绿叶芽儿

摩的米师傅年轻消瘦

拉着我过陶然亭

过先农坛

来到金泰开阳大厦

春天从一本诗选中冲出来迎接我

它说，诗人，我已读过你的诗

春日熊熊

春日熊熊

能点燃春天的人都是了不起的人！

2018-3-25

# 为白浮泉枯竭的水写一首诗

有时

词语们会不告而别，离开你

究竟哪个时辰

因何缘故，词语离开你

你不知道

你坐在电脑前

对着空白的屏幕，手放在按键上

却叫不出任何一个字

这些组成诗句的字

就像白浮泉的水，已经干涸

曾经它们从九条龙的口

跑出

哇哇喊着

奢侈得用也用不完的水啊

被郭守敬牵出龙山

引入城内

成为大运河北端的源头

多么物有所用的水

不蒸发于提着光焰升落的日头下

也不渗入地底，去浇灌黑暗地母的饥渴

它们

参与了通惠河的建设，帮助漕船

直接驶入积水潭

多么热心肠的水！今天我站立在你面前

却见你已无踪

你所栖身其间的白浮泉已成遗址

墙上的诗句

留下了你曾存活人世的证据：

凭虚喷薄泻飞泉，矫矫翔龙出九渊

我想我也要像那个姓崔

名学履的明朝书生，为你写一首诗

哪怕我的灵感已经枯竭

我也要用我枯竭的灵感为你写一首

同病相怜的诗。

2019-3-10

# 待会儿

在什刹海边待会儿
流水落花，前朝旧事，难免有点恍惚

在银锭桥上待会儿
来来往往的游人，摩托车嘀嘀嘀嘀一晃而过
故人啊故人
纵使你已转世为风我也认得你

在吉他歌手感伤的弹拨中待会儿
烟袋斜街的新娘
请挽住细眼眯眯新郎的臂膀
祝愿你们这一世同行
再也不分开

在金重旁边待会儿
陌生的朋友，我们在诗歌中相识
我们在绘画中相识
这一刻
你从微信里走下来

你在你青春的北京走走停停

我会陪你

在你曾经青春的北京待会儿

2019-4-18 什刹海

## 春天在后面

我又一次来到宋庄

熟悉的口哨、小巷，星星一样密集的灵感

你看

喝醉的人悲伤的人

狂欢的人构成这个下午的局部

我伪装成一首歌混进霓虹闪烁

的新年现场

新年了

宋庄，你好吗

你好吗？为什么我这么喜欢你

我是喜欢你的颓废

还是喜欢你的激情。我是喜欢你的

瞬息万变的情感还是喜欢你

今天不知明天在哪里的生活？

孩子们都有清澈的笑容

宋庄的孩子

总是比别处更美、更艺术

亲爱的朋友

你抱着孩子站在那里

你给了他/她一个宋庄的今天

请你再给他/她一个宋庄的明天!

2018-1-10 宋庄

# 永定河

## 一

就是从这里开始我写永定河

从一根鱼刺微小地卡在他的喉咙

永定河，微小的鱼刺干涸地卡在

他干涸的喉咙

他蓝色的轿车伤痕累累被任性地

划过在夜晚乡间陌生的小道上

他喜欢无知莽撞的感觉正如我喜欢

在他轿车右手的窗沿上放上我的右手

又一次我坐到了他的身旁

快点，再快点，他喊着砰

一辆车自对面急速驶来他喊着砰

我微微闭上眼

这无始无终的道路多么宽广明亮即使在夜晚

也多么宽广明亮

因为我们都不想有任何结局譬如人生没有终点

## 二

熟悉的昏冥气鬼魅气扑了过来现在是夜里

十一点，是在一辆轿车上是我们三人

轿车是蓝色的但此刻已看不见车身车尾

因为我们在车上我们是三人

仿佛已经在人间行驶很久了仿佛我们正驶向

天堂。不，你说地狱，你说一个蛋

天堂地狱都是一个蛋荒诞

轿车是那把蹲不下的椅子抬着我们

抬着我们一直到永定河

河水在哪里？眼前只见稀黄的河床变形地撕裂

河上一群树张开翅膀头朝右拐

我说，它们要飞，你说不，它们在爱你

爱你夜色中慌乱的液体

永定河，北京的母亲河

我已经站直身子又刹不住地跌到你的堤岸

## 三

灯一闪一闪的，灯闪一下我们就喊一句

永定河，永定河

我爱这三个字构成的安宁我已经退了

不再先锋不再逞强不再肆无忌惮地张狂

我看着你消瘦的躯体就像故乡坎坷不平的闽南话

在他们耳里名之为土语

天黑了，花开了，什么花，雪花

雪化了，路远了，什么路，绝路

他说不要诉苦不要摇头不要不要

他说人生在世有事做做就好

他说回去吧永定河

他还说你要看清河背后的东西

不是永定

2003-5-22 北京

## 【黑龙江】

## 集萧红语句以纪念这位天才女性

在乡村，人和动物一起忙着生，忙着死……
呼兰河这小城的生活也是刻板单调的。

严重的夜，从天上走下。她们全体到梦中去。
人间已是那般寂寞了！

2017-1-17 北京

## 车窗外的哈尔滨


细瘦的杨树

只余下树枝和树干，它们挺拔，帅气

在车窗外静默，于是我想到你的青年


杨树后面是广大的雪野，苍茫啊

苍茫，把苍茫再拉远一点，就能到达

你的现在——

地球那边你只要盯视着我的微信你就能看到

你的故乡！


你的故乡在车窗外

正被我南方的眼赞叹，白色的雪野

淡黄色的稻茬

构成了莫奈笔下的风景画它们

经由我的手机发布到我的微信，于是你得以

在同一时间反馈故乡你的碳素画


为什么我镜头中的金色

会变成你画笔下的黑色

有何沉痛的记忆掩埋在白雪皑皑的故乡

我并不知晓你更多的往事但我理解一颗离乡背井

心。

2017-1-17

## 中央大街夜景

夜

冷加冻

肿大的身体加笨拙的手指

瑟瑟发抖依然要掏出手机

依然要拍下一月的寒风，寒风中

被冰雪之神附体的霓虹灯

霓虹灯下高挑健美的姑娘，和她的红脸蛋

拍下满街俄式建筑，和它遗留的历史痕迹

拍下马迭尔宾馆，和当年出入此地的故人

（这个世界是否你们当初想要的那个世界）

拍下马迭尔冰棍前排队购买的人群

和我们人手一根的手势（谢谢你，亚东）

拍下你曾经有过的马迭尔冰棍的童年

少年，和青年。拍下你从美国南加州最南端

投注到此的目光，你被思念养大的乡愁。

2017-1-17

# 冬季到肇东

每一匹厚沉厚沉的棉布门帘后

都有一份热气腾腾的生活等着你，午夜 12 点

我们被蓝色出租车带到大全烧烤店

看到火红的五个大字

"品肇东小饼"，我想接下联话语却早被肇东之

冰冻住，好冷啊，肇东！冬季到肇东来看雪

来看一座叫大似海的湖

来湖面上摔跟斗，尝鲜美鲫鱼汤

跟着萨满游湖，举着五颜六色的经幡，一圈

又一圈

冬季到肇东诵读冰雪在大地上写就的诗篇——

每一匹厚沉厚沉的黑土地里

都埋藏着春天的种子，都有一份渴望开花的梦想

在前途未卜中耕耘。

2019-1-8

## 江山如画

姑娘一样身姿挺拔的白桦树
使北方的冬日有了清秀之气

无论从哪个角度望过去，太阳总是
透过白桦林泼来一串串耀眼的珍珠。生长

万物的田野如今只生长薄薄的雪
和收割后矮矮的淡黄颜色的稻茬。

那绘制这幅巨画的人已经回到了温暖的炕头
是该歇歇了，犁铧们、老牛们，是该歇歇了

广袤大地顶着烈日和暴雨耕田种地的父老
乡亲们！我总是羞愧于自己对这片大地的赞美

纵使江山如画
我亦不是这如画江山的建设者。

2019-1-8

# 【吉林】

## 秋到延边

秋天先我一步来到延边
它左手持调色板，右手执画笔
给枫树上点红色
给杨树上点黄色
给金达莱上点紫色，只有樟子松
特顽固，怎么也不让上，好吧，秋天说
你就在你的绿色里待着吧

一人高的玉米秆子
玉米已被摘尽，秋天秋天，我也要上色
秋天一泼颜料桶，哗，满满的，满满的
金黄色。稻子被晃得两眼发光，秋天
秋天，我也要金黄色！

秋天再泼一桶颜料
真痛快啊！稻穗亮了，稻秆亮了，一片
亮堂堂的世界
秋天秋天，我刚到延边，我也想要通体

金黄，我也要发光
我也要发亮

秋天唤来太阳，一瞬间
我金碧辉煌，无比美丽！

2019-10-22 北京

## 尹东柱故居

有一个人，他在龙井市

智新镇明东村等我，等我一步跨进

金达莱的秋色，等阳光

把他的诗照得分外明亮

一块块石头上的文字，朝鲜文

留给他们，汉文留给我，我们

挨个站在你面前

默读你的诗

默读你的人，瘦削忧郁的青年

胸中藏着愤怒的火焰

在反日民族独立运动中被捕

被注射海水，永诀人世

仅 28 岁

但文字不朽

青年留下的 117 首诗，至今依旧

温暖着朝鲜族诗人

要合照了

他们突然齐声朗诵你的诗篇，语调悠长

伤感，一个诗人就在这样的朗诵中站起

尹东柱，虽然我听不懂他们的朝鲜语

但我听得懂他们对你的敬仰

对你的深情

你是朝鲜族伟大的诗人

"热爱所有将要死去的东西"，之后

继续走你，"命中注定的路"


我们也要走在我们

命中注定的路上，这路上有光，自诗歌的中心

发出，这路上有你、你们

在前面引领——


每一个不畏强权、反抗侵略的人

都值得我们热爱。


2019-10-23 北京

# 立于户外的诗

——游长春现代诗公园有感

立于户外的诗
接受阅读的检验，也接受风的
检验，雨的检验，冰雪的检验

立于长春现代诗公园的诗
每一个字都有深深的力度，足以
锲入坚硬的岩石，它们必须自己
存活，扛得住阅读的挑剔
风的挑剔，雨的挑剔，冰雪的挑剔

日光下的诗，经得起炙烤
星空下的诗，守得住寒凉
把每一首诗都拉到旷野吧
无遮无拦，供人评判

谁的生命力更持久

端看它是否扛得住时间

的消磨，和人心的接纳。诗

终究还是要立于人心深处

2022-7-31 北京

# 那些水

——游长春北湖公园有感

那些水平静地接受绿

接受躺在它上面的睡莲，接受鸊鷉

它一会儿悠游于我们的视线之内

一会儿一个猛子扎到我们看不见

的某处，那些水本是污水

废水

经过治理如今成为喂养生命的水

成为我们泛舟其上的水

那些水无限浩渺

水中一座小岛不知何人、因何

放于此间？岛上挺拔着杨树、槐树

和松树它们参差

错落，各自找到自己的生存空间

根

紧紧咬住褐色的土，咬不住的

就飘浮在水里，侧面看去

小岛就像一艘船满载着树

和树

那些水看见三十米高空有一座
玻璃桥，桥上少男少女尖叫着
哆嗦着，步步惊心、头皮发麻
行于其上。小心啊！
水哗哗地喊着，可千万不要跌落
下来，我接不住你们
我也是一面玻璃
易碎，无情

那些水每天减少一些
又增加一些，减少的恰好是增加的
风说我要吹皱你，水答：你吹不吹
我都会皱。雨说我要砸痛你，水答：
你就是我！那些水居住在吉林长春
它有个名字叫北湖

2022-8-1 北京

# 春天的少女

——游长春世界雕塑园有感

春天的少女向上生长
长成一座雕塑依然在长，时间对
雕塑不起作用，春天的少女永远
年轻

坐在春天的少女脚下我无比
沧桑，我年过半百，日日遭遇时间
的正面击打，春天的少女曾经是我
她变成雕塑
而我没有

我这一生大概率与雕塑无缘
我是说我大概率变不成雕塑
时间仗着死亡的撑腰越发无情
如果我的诗足够强大
也许可以帮助我稍稍对抗时间

的侵袭，诗不老，我不老

诗不死，我不死

2022-8-1 北京

## 【内蒙古】

## 阳光只有洒遍草原才叫尽兴

临近黄昏

即将坠落的夕阳挣扎出云层

阴霾消散

敖包亮了

五颜六色的经幡亮了

草原镀上金光

天地瞬间开阔

姑娘们喊着一二三

跳

摄影师抓住她们的跳了

脸容放光的姑娘

披着金黄的长发

一二三

跳

2016-8-23 北京

## 重回呼和浩特

写下"重回"，眼泪盈眶

有一件往事你不懂，我懂。有一件往事

现在还不能说，不能写。有一件往事埋葬

一个我，一个他

有一件往事已死 14 年却在我踏上呼和浩特

的瞬间突然复活

必然复活！

有一件往事已找不到痕迹以致我怀疑我是否

曾经历，有一件往事其实被我有意遗忘因为

我不想它存在但呼和浩特说

它确曾存在

呼和浩特，青色的城！你青色的记忆

那么鲜活、那么旺盛好比他

和我的青春

呼和浩特，青色的城，你永远青色满是

勃勃生机但我已然老矣

我已然老矣

既然已老为什么不让往事就此消隐？

让往事消隐吧呼和浩特我是全新的一个我

是落日雄浑的辉煌包裹着的这个我

我决意遗忘

彻底遗忘

有一件往事必须遗忘必须彻底遗忘我来到

呼和浩特

就是来学习遗忘，这是我写给遗忘的一首诗

一首追忆和悼念的诗。

2019-11-27

## 真实与虚无

从地平线的方向看

一辆宝马在不断向它碾压过来，车轮滚滚

这宝马不是那宝马。很明显

布连河马场更喜欢那宝马，肉身的宝马

红鬃飞扬的宝马、矫健身姿的宝马不会

在它的躯体上切开一条路，一条

钢筋水泥路

现在我就在这钢筋水泥路上

奔驰的宝马，不断冲向地平线，地平线

不断后退，不断后退

这是真实与虚无的对抗，我拿起手机

隔着车窗玻璃录下了地平线不断后退

的步伐——

它后退的速度远远大于我们冲向它的速度

一整个天空都在后退

太阳也在后退

我们的宝马多么孤独，浩瀚的布连河马场

冬日

浩瀚的冷和寂寞，我知道我们永远也冲不出

地平线，就像真实

永远打败不了虚无。

2019-11-28

## 冬，希拉穆仁草原

冬日，彻底颠覆了
我们对草原的想象，希拉穆仁草原

绿色不在，柔软的草不在，惊叹不在
我们木木地站在辽阔又辽阔的黄色面前，木木地
希拉穆仁草原

蒙古高原在这时终于坚硬，风坚硬
日光坚硬，草皮坚硬，无牛，无羊，无马
无人，希拉穆仁草原

我们千里迢迢，从北京来到这里
只为看一眼传说中黄色的河，无边无际，无边
无际，希拉穆仁草原

这是寒冷的地盘，这是荒凉的地盘
人啊，你永远拿这冬日的希拉穆仁草原没有办法
你没有办法！你连多待一会儿都不行

你缩回宝马车的窘相寒冷看了会笑
你缩回宝马车的窘相荒凉看了会笑
那就驱使你的宝马车回到你的来处，这里不是

你该来的地方，冬日的，希拉穆仁草原！

2019-11-28

# 黄河在老牛湾

一条河怎么也不明白

为什么转个弯就从内蒙古来到山西

一条内蒙古的河

和一条山西的河其实是同一条河

黄河

黄河不黄，在老牛湾，黄河很蓝

很绿

还闪着玉石的波光

正是初冬，大部分黄河在默默流动

小部分黄河已结冰

青翠的冰面上滑行着我的注视，你的

注视，我们从呼和浩特奔赴而来

经过葵花秆地

脆苹果地，经过枯萎的谷地

和大青山路过的可镇

我们带来了一路的壮阔和感叹却突然

在你面前哑静

黄河黄河

伟大的河

我得有多么爱你才能离弃长江居住的南方

来到你居住的北方！

黄河黄河，你一路蜿蜒，所到之处

我也一一到过

现在是我身上的血和你呼应的时候

现在是我对着亘古不变的山川大喊一声

"黄河"的时候！

2019-11-29

# 长河与落日

我们的目光不是钉子，不足以

把落日，钉在遥远的天幕上。谁的目光

也不是钉子，王维也不是

更何况长河在不出声地召唤，用着只有

落日才懂的语言，长河和落日是什么关系

为什么落日越靠近长河

脸越红

为什么长河也跟着脸红

我们纷纷拿起手机，只能这样了

把落日装进手机

把长河装进手机

把落日与长河的亲密关系，装进手机

我们不是王维

不能用一首诗把落日装进

把长河装进，把落日与长河的亲密关系

装进。我们不是王维

没有孤独地行进在西行路上

也没有一群守卫边疆的士兵等我们慰问

我们从天上来

来此乌海，寻找王维的长河，寻找

王维的落日，寻找王维的

长河落日圆

烽火台正在修补

烽烟无法修补所以我们看不到孤烟直直上升

我们被冀晓青领着来到乌海湖畔

乌海湖是截黄河之水而成因此乌海湖也是黄河

黄河也是长河

我们就在乌海湖畔看王维的落日如何落进

王维的长河，因为《使至塞上》

唐开元二十五年

亦即公元737年春天某日的那枚落日

一直悬挂在乌海湖上

至今不曾落下。

2019-9-7

## 浑河在高茂泉

再小

再浅的河也是有脾气的

它用清澈见底迷惑你却把最硬

最强的骨交代给满河石子

不要轻视一条河，一条

一眼即可望到对岸

目测宽不过十米的河，一条

水流若有

若无仿佛一脚就可踩到底的

河

不要试图欺负一条河，一条

不喧哗不叫嚷默默行走的河

不要碾压一条河，一条

牛羊饮过

粟米饮过人也饮过的河

不要忘记一条河的恩情

有河的地方才有人

有河的地方才有村

秋光金灿的上午

我认识了一条河，一条既小
且浅却脾气极大的河，它的名字叫
浑河

2022-10-1 北京

# 又见落日

暮色从天而降
宇宙之心悬挂地平线上

光影壮烈
惊心动魄
神在天边晾晒披风

每一轮落日都记得我的叫喊
每一轮落日
都让我对神秘又多一分热爱

落日，宇宙之心！

当它消失，大地小村
便进入盲者的暗，谁家的呼麦
如登苍穹、如入瀚海

2022-10-3 北京

## 阿尔山之诗

你在我有限的词语之外，你是无限
但你必须被有限说出。无数个有限
终成就你的无限，阿尔山。

飞机把我从北京运来
穿过凌晨 5 点环卫工
杀杀杀死满街脏物的扫帚声响
我内心装着一座秘密的山它的轮廓如此模糊
我不知道阿尔山其实不是
山。

5 点的北京
尚未有拥堵大军以致的士可以一路疾驰
的士快跑，携带着想象中的阿尔山你是否感到
车身里的这个人她的疲倦正被兴奋持续燃烧？

5 点的北京
天光微亮，而阿尔山已是天光大亮
这是阿尔山在我到达之后告诉我的。

阿尔山有比北京更迟的落日，更早的日出。

阿尔山的夜，比北京更沉浸于夜之漆黑中。

漫步于龟背岩畔，感觉夜像一块巨大的冰雕撞击你

阿尔山六月真冷

你们微醉漫步于龟背岩畔的情谊真暖


你的左手，握住了这个世界的衣角

你的右手，和迎面而来的陌生的黑狗相握

我躲在夜的浓墨里，心里突突跳动着一只两只兔子

倘若没有你们

我将被夜的阿尔山吞噬。


好在天很快就要亮了

清洌的早晨，太阳早早把网撒向阿尔山

太阳的大网将捕捞起阿尔山遍布视野的绿色

红色、黄色、紫色，无穷色。

当太阳的大网收起

湖水哗哗，纷纷回到自己的湖里

每一道湖水都安于自己的本名。


你的呼吸应和了太阳的节奏

你和太阳一起醒来你迎着太阳走去

光线指向哪里，你就走向哪里，你是太阳花

你的行走只为解释太阳的存在

空中都是氧气的味道

我沉沉的睡眠有换骨骼的味道

我来此阿尔山，仿佛是来接受清肺疗法

我来此阿尔山，仿佛不在尘世中，这是一座

你的城市概念无法含纳的城

大朵大朵棉花。嶙峋峥嵘的群山。暗黑的狮子。

幼神的脸。液体岛屿。哭和笑。莫可名状的陈述。

都漂游于天空

阿尔山的云，仿佛全世界的云，都从这里出发。

我一向对风景有难言的恐惧

言辞无法赶上风景，所以我不言。阿尔山

你打开了我的词汇库，看见空空的内里你是否心伤？

其实我只是想为你创造新的表达方式

肯定有新的表达方式独属于你阿尔山。

把阿尔山搬到诗里用美学的铁锹够不够？

把阿尔山搬到诗里用情感的挖掘机够不够？

把阿尔山搬到诗里我没有铁锹也没有挖掘机

把阿尔山搬到诗里我有日复一日的焦虑和压力。

一块火山石掉进了你的眼里

却划伤了我

你牢牢地抱住了火山石但你终有松手的一天

倒不如现在就松手

倒不如现在就把它还给阿尔山。


我也想把阿尔山牢牢抱住

但我终有松手的一天。倒不如现在就松手

倒不如现在就离开阿尔山。


2015-8-1 晨1：58

# 【宁夏】

## 清晨九点的银川

枸杞们依旧在店里酣睡

店门紧闭的商铺一家挨着一家，朴素的招牌

就像清晨九点的银川街道，不张扬，却已有

清亮的阳光

照进已经开始的生活。宽阔的马路

名宗睦巷，轿车们靠边排成一个队列

它们也在静静地睡

迎面走来的妇女同志，人人捂着一个

大白口罩

讨厌的杨絮在等待

等待钻进她们的鼻孔

这西部的空气，果然有些特色，一点清幽

一点魅惑

树影斑驳的青石路面，懒洋洋停着

一辆孤独的摩拜单车和车筐里

不知谁放进去的不知名的杂志

清晨九点

银川街道，一个人从祖国的东部

来到祖国的西部
心上烙印着诗词中的两个地名，称之为
贺兰山，称之为
西夏陵。

2019-4-30 北京

# 在灵武，并致杨森君

哥哥

你站在那里，不用化妆，就是一个老农

你犁田、犁纸、犁梦

犁出你的灵州 23 景，哥哥你走遍宁夏大地

运回来独轮车

运回来石磨盘

运回来远逝的乡村生活

运回来猪圈

运回来门神

运回来老母亲脸上的沟壑

运回来祖父修筑王陵的手艺

运回来日升日落

运回来一口老井和井里年轻少女的爱情悲剧

哥哥你运回来黄土

运回来汗水

运回来潮湿的苔藓

运回来空空的秋天

你运回来鎏金铜牛的眼神

运回来鸱吻砖瓦的裂痕

你运回来寂静，和寂静的时间

你运回来文明，和文明的消失

你运回来一个又一个你在西夏的土地上你曾是

元昊，又曾是灰陶屋脊兽

你曾是酸枣树，又曾是黄河里的一滴水

你曾是黑鹳，又曾是金雕，你曾是一枚

宋代钱币但现在你是

杨森君。

2019-4-30 北京

# 在西夏王陵有感

传说中寸草不生的旷漠

已长出了零星的刺旋花，几株酸枣树

有的盖满绿色，有的尚还赤裸着树身

9座王陵

不见少，也不见多，岁月更迭，9座王陵

依旧是9座王陵，覆灭的王朝

没有办法为自己加赠一个皇帝

再坚硬的黄土

也只能用来修筑坟墓却不能建造

万世长久的宫殿

神秘的西夏

10个皇帝只有9座王陵，另1座在哪

9座王陵，从天上看是北斗七星阵

从地上看

是八卦图阵，9座巨大的黄土堆，鸟不停歇

蚁不筑巢，一模一样的黄土堆啊

埋着西夏，190年的历史

覆灭的党项族

纷逃各地，汇入了中华民族大家庭

你在西夏王陵前感慨

悲叹

你想到了人类的命运，最终毁灭人类的

一定是人类自己。当然

能够拯救人类的，也是人类自己。

2019-4-30 北京

# 【青海】

## 青海诗章

(2011 年 8 月 7 日—12 日，第三届青海湖国际诗歌节。

一只豹在高原)

### 1. 少年忧伤的黑白眼神

我装着一个少年忧伤的黑白眼神来到青海

途经万里白云

和一整个西部壮阔的脊梁，我看到骨头的线条起伏在白云之下

那一瞬间我想呼喊，想抱住千山之外的小豹痛哭

我带着一头小豹清澈的单纯眼神来到青海

在离太阳最近的地方我们相约

不披挂任何金属的饰物

就这样直接，干脆，赤裸着余生的幸福

在青海无遮无拦的艳阳下翻滚

沉沉睡去。

### 2. 高原上的大豹小豹

这是日月山

文成公主回望不到家乡的地方

这是她绝望丢下的镜子，哦，镜子，你日月的形状与世长存

这是农耕民族和游牧民族的分水岭

同样的牛，不同样的驱使

同样的马，不同样的奔驰

这是我们紧张到必须放松的时刻，我们匆匆前行的车轮到此必须
停下

必须有人把文成公主的雕像指给我们看

她必须温柔端庄

她必须洁白如玉

她必须把高原的大豹小豹驯服，让他们波动的心安定下来

她必须说，我爱你们，我的大豹和小豹。


## 3. 右边的青海湖颜色不断变幻


大兵团的人都在左边

左边的青海湖青而且蓝

大兵团的人都在左边的青海湖拍照，留下青海湖青，而且蓝的影

只有右边的青海湖在静默中悄悄变幻身上的颜色

有时青，有时蓝，有时绿，有时黄

你和右边的青海湖打个照面

你看到群兽奔涌，青的是龙，蓝的是鲸，绿的是蛇，黄的是豹

在青海湖右边

你想加入这群兽的合唱，你是红尘中人，你喧哗，而孤独。

### 4. 青海，开辟鸿蒙

连绵的，连绵的，蛮荒之山，山色光秃，而黄。

连绵的，连绵的，碧绿草原，草色青翠，而嫩。

连绵的，连绵的，矮树装饰的青山，树不高，山亦不高。

连绵的，连绵的，形容不出的视野所及，这一片连绵

这一片连绵又连绵！

静寂，除了我们的车队（车队能代表什么）

车队驶过，分开片刻静寂，很快会合拢

静寂，亘古的静寂，开辟鸿蒙的静寂

从西宁到贵德

我和哈森屏住呼吸，爱笑的哈森脸容肃穆

她和我一样被伟大的自然怔住

感谢青海——

我看到了人类来到地球前地球的模样！

### 5. 黄河在贵德被颠覆了

清可照人的黄河

绿色的黄河

水流脉脉仿佛少女初长成的黄河

你何曾黄？黄河黄河

在贵德你何曾黄？

你绿

你清

你含羞，含情，含蓄，而美。你在我们的眼皮底下自顾流过

浑然不知你已颠覆了我们对黄河的概念。

## 6. 圣境心绪。朗诵即景

这个夜晚高原有点凉

转经塔在那里

广场在这里

这个夜晚我们要齐聚高原

逐一朗诵心中的诗篇

能被汉语读出痛苦的也能被英语读出

能被黑人读出欢乐的也能被白人读出

你站在那里

可以是痛苦的诗

也可以是欢乐的诗。

你站在那里

可以想念小豹

也可以被小豹想念。

## 7. 青海湖国际诗歌墙

在不为人知的角落

我签上我的名，我用红色的笔签上我的名一定有你的道理

我用你的道理行走在你余生的路上这样就能与你偕老

在不为人知的角落

我签上你的名，我用黄色的笔签上你的名一定有我的道理

我用我的道理领你行走在我余生的路上这样就能与我偕老

亲爱的青海湖

亲爱的诗歌墙

当夜晚降临，在不为人知的角落偷偷焕发熠熠光辉的两个名字

就是你和我的名字。

## 8. 贵德国家地质公园

这流水的刻刀刻出的群山，这群山。

这烈日的利刃劈开的群山，这群山。

这狂风撕扯的群山，群山。

血染的群山，不规则体态的群山，狰狞的群山，想象在夜晚穿行

　　并一定被吓到的群山。

时间的群山，与人力无关的群山，自然的群山，极端体验的群山

　　我越看你越感叹自然的伟力。

我越看你越害怕人类愚蠢的水库大坝核武器。

## 9. 生命源头的颂歌，与悲歌。兼致爸爸

爸爸，这个八月，我来到了青海，来到了生命的源头

这个八月，我失去了你，失去了生命的源头

这个八月，我感受到了时空的无垠

也确认了人世的短促。

2011-8-27 北京

# 德令哈归来重读海子

风吹天凉

雨丝像你的手

安慰我

我有过你的激情，你的狠

我也曾像你奋不顾身

像你一样

远走天涯

如今我来到德令哈

雨中的城

被你刷亮

寂静让我看到你的脸

被孤独喂养

你还给石头的石头

如今在我案上

闭上眼睛

就能撞见你的苍茫

青稞像草茂盛

无边的绿色，黄色

紫红色，时阴时晴

岩石下避雨的羊多么温驯

仿佛一群无辜的孩子隔着

死亡，望着我

德令哈

今夜，一只离群索居

的羊永生在

你的荒凉里。

2012-8-4 北京

# 柴达木盆地

或许有通向柴达木盆地的秘密

深藏在青海湖底下？

但我看见的青海湖青绿而暗

有多大的阴影在湖面就有多大的白云在天上

湖的远方，是我们

我们的身下

是奔跑两个小时也跑不出青海湖的柴达木盆地


被褐色群山击中我们一时失语

连绵裸裎的群山，破碎般堆积

波纹密布犹如受难者的表情

黑牦牛有黑石块的质地，在青绿山间，它们动

或不动，都像一尊尊雕塑

而白羊却是游走的小孩

行动急促，穿着未漂洗干净的衣服

寻找适合它们成长的厚草地


柴达木盆地，从早到晚

我们盯视着你的无边无际

浑然不知疲倦为何物？

你油菜花雄辩的金黄正挣脱出蜜蜂的围剿

整整一天，我们都在思考紫红花瓣究竟姓甚名啥

（高原上的植物课给我们打了不及格）


我们不懂柴达木盆地

就像不懂自由和不自由之间的差距。

2012-8-7 北京

# 克鲁克湖

从蓝色到蓝色
克鲁克湖
你浇灌火辣的蓝色

游船劈开的波浪，白纸一样翻滚
你寂寞的湖畔寂寞星散的祁连石
挤满哭泣和微笑的皱纹

那在黄昏迅速变凉的克鲁克湖
鸟回到它的天堂
鱼回到它的故乡
芦苇丛中
数不尽的黑暗在舞蹈

行吟歌者跋千山涉万水来到这里
他弹，他唱
密集的白云在天上微微抖动
白云忙于自生
白云忙于自灭

你行吟歌者的低沉还在我的耳畔徘徊

告诉我，克鲁克湖

他是否传染了你又咸又淡的悲伤？

2012-8-9 北京

## 哈拉库图

日轮。车轮。
日轮在上，车轮在下，日轮
照耀车轮，车轮紧咬日轮，一路奔驰
荒芜中不断奔驰，不断奔驰……来到
哈拉库图

更大的荒芜——

老人们依墙而坐
而立，皆着黑衣、黑裤，皆戴有檐黑帽
这是见过昌耀的老人
这是没有见过昌耀的老人

黄泥土路不宽
也不窄，正好能容一辆大巴驶入
大巴上鱼贯而下的人流刚从昌耀
的诗中走出，哈拉库图，昌耀的
哈拉库图，此刻我们，就在其间

"是这样的寂寞啊寂寞啊寂寞啊"*


一岁零七个月的孩子

推着他的小童车打转转，奇异

又欢喜的感觉在我心中滚动，不说话的孩子

请接受我爱的表达，请被爷爷抱在怀里跟我

来到小卖部，我给你买八宝粥，我给你买饼干


他们爬上山巅时我还在山脚下遥望

夯土筑就的城墙依山而建所以他们爬上的

是城墙

是"武士的呐喊已西沉"*的城墙

乾隆四年修筑

乾隆五年竣工，扼守着日月山及药水河上游

的城墙如今只扼守着——


哈拉库图。昌耀！

2020-9-29


注：诗中两处引用均为昌耀的诗句。

## 昌耀诗歌馆

从孔庙中辟出一小方庭院仿佛
寄居在孔子家中的你，昌耀。

白色大理石半身塑像的你
脖子上裹得鼓鼓的哈达，白色的哈达
黄色的哈达，你目视前方，让我想到

前方灶头，有你的黄铜茶炊

初秋的丹噶尔，来往着不多的游人
拱海门下，已无王公头人祭拜西海
古街两旁的店铺，头饰、手链颓然卧于
案上，并无高亢的店主吆喝，一切寂静

寂静。孔庙和寄居孔庙的昌耀诗歌馆
寂静。双手合拱立于大成殿前的孔子
寂静。额头光洁、脸容严峻的老昌耀

寂静。只有古树热闹，枝叶茂盛的古树

结满了绿挨着绿的果子，果子名"看瓜"

我们仰首望树，感慨果子如此繁盛

与昌耀诗歌馆的寂静恰成反衬


我们不远千里，来此寂静丹噶尔城

来此寂静孔庙，来此寂静昌耀诗歌馆，无非是

围坐于昌耀塑像下，合影，默祷


再作鸟兽散……昌耀。

2020-9-30

## 一天空凤凰

我们到达洪水泉清真寺的时候
一只凤凰以白云的形式跃上天空，它
铺展开的翅膀让我们的心跟着怒放
我们都看见了这一天空的神迹

一只凤凰，从洪水泉清真寺起飞
它铺展开的翅膀占据了一多半天空却不使
这个下午阴郁，因为它是一只白云的凤凰
浓淡相宜的白云在天空
在我们到达洪水泉清真寺的下午幻化成
一只凤凰，使我们的仰望惊叫出声

它从哪里来
它为何而来
它最终要往哪里去
当我们走出洪水泉清真寺，我们看见了
一天空的凤凰，大凤凰、小凤凰，仿佛
是它召唤而来欢送我们，它还在那里吗

它们还在那里吗

一天空凤凰，一天空白云的凤凰！

2022-1-8 北京

## 青海湖拾句

天空稍微大一点
但不能大于青海湖，不能大于
青海湖的青、青海湖的海和湖

青海湖青海湖，你到底是海还是湖

2022-6-30 青海湖

## 暴雨和绵羊

暴雨将至时，绵羊像一条河，一条
白色的河，在绿色的草原上流过来

流过去。它们慌乱而惊恐，盲目地
在绿色草原流动。它们最终能否躲过

暴雨，答案是否定的。草原太大
暴雨太快，暴雨砸下来时也就砸

下来。暴雨砸下来时绵羊也就只能
被砸，之于绵羊，被暴雨砸过以后

绵羊还是绵羊，之于暴雨，砸过绵羊
以后，暴雨已经不是暴雨，而是绵羊

2022-7-4 北京

# 【陕西】

## 白鹿原，参观陈忠实文学馆有感

自然是跟着陈忠实
我才来到白鹿原

但陈忠实在陈忠实文学馆里
自然是在陈忠实文学馆里
我才见到陈忠实

乡间的穷孩子
穿着磨秃了脚后跟的布鞋

乡间的穷孩子穿着磨秃了脚后跟的布鞋
追不上前头的老师和同学，但被随后急驶而去的火车
追上

那火车追上他，又抛弃他
那火车把汽笛长长，长长的声音丢给了他

火车火车
你这是要去哪里？火车火车
你要去的地方我也要去

我的一生不能就在白鹿原！

乡间的穷孩子咬着牙，踩着硌疼脚底的破布鞋
奋力追上老师和同学，他心中开着一列奔往看不到尽头
的火车，火车火车
我一定要追上你！

我的一生就在白鹿原，但已经不止于白鹿原。

2015-8-25 北京

# 【西藏】

## 冈底斯的诱惑

在梦中游走

可以一直游到冈底斯

积雪还在

广大无边的空虚还在

出窍的灵魂在喊上天放下梯子

就在当晚

露珠选择笑

月光选择哭

你选择继续失眠。

2017-7-30

# 拉　萨

天启我！是天启我
这一个神秘的拉萨

是天把高山、浩瀚、白幡推到我面前
使我屏住呼吸
放声痛哭！这一把沧桑的脸
双手合十也无法平息的纯净
与圣洁

啊，放弃，这尘世！
在雪线之上有我不眠的眼
有我神秘的布达拉宫
在拉萨，我身心俱碎
蓝色盖我，白色葬我。阳光
阳光。备受爱怜的阳光
在拉萨的旷远寂静中
我仆倒在地

1994 年 漳州

# 风过喜马拉雅

想象一下，风过喜马拉雅，多高的风？
多强的风？想象一下翻不过喜马拉雅的风
它的沮丧，或自得
它不奢求它所不能
它就在喜马拉雅中部，或山脚下，游荡
一朵一朵嗅着未被冰雪覆盖的小花

居然有这种风不思上进，说它累了
说它有众多的兄弟都翻不过喜马拉雅
至于那些翻过的风
它们最后，还是要掉到山脚下

它们将被最高处的冰雪冻死一部分
磕伤一部分
当它们掉到山脚下，它们疲惫，憔悴
一点也不像山脚下的风光鲜
亮堂。

我遇到那么多的风，它们说，瞧瞧这个笨人
做梦都想翻过喜马拉雅。

2007-2-3 北京

# 【四川】

## 成都，过武侯祠而不入

蜀国

在武侯祠演义一遍

以泥塑的方式

或坐或卧

或笑或泣

或刘或关或张

皆是可想象的

八月末。秋雨。秋风

微寒

人微颤

想蜀国气数已尽

纵使我入祠

也拯救不了

它

必然的灭亡。

2013-9-26

## 成都，在芳邻旧事

在芳邻旧事独坐

若有所思，所感，所得到的诗意归你，某某。

在芳邻旧事独饮

痛不欲生，欲死，欲想中的爱情归你，某某。

在芳邻旧事独诵

无边秋夜，秋雨，秋风里的憔悴归你，某某。

在芳邻旧事独醒

青春短暂，短促，短命啊短命的青春为何不在芳邻旧事清清楚楚
　　数着日子过完我们短暂短促短命的青春再糊糊涂涂走向衰老？
　　某某！

2013-9-22

# 长江在泸州

瘦，而静

而灰而暗

长江流经泸州的时候还没有经验

她蹑手蹑脚，动作不敢太大，叫声不敢

太响，面容不敢太过妖艳。她流经泸州

的时候正是刚入婆家的小媳妇

屏声息气

未谙姑食性，先遣小姑尝

我来到泸州的时候

已到了当婆婆的年龄

我喝了一口长江端上来的泸州老窖

便足足醉到京城。

2017 年 泸州

# 载魂之舟

——题什邡战国船棺墓葬群

如果此时河流正急

浪花们交替着身子，泪眼婆娑

它们将看不见远远驶来的一条船，形似棺木

它们将听不到船中人轻微的鼻息，不属于尘世

它们将抚触不到船中人爱过恨过的心跳，犹带热血


——但那棺木形状的船，渐渐地，近了。


近了，近了，死者生前的屋宇

生后迢迢水路不离不弃的舟楫

穿过天彭门

逆水而上就能到达祖先们居住的地方

近了，近了，死去的人带着地面的欢乐和哀愁

离死去的人，越来越近了。


他们将和远古的蜀人们相聚，戴花冠

扎树叶，群山中蹦跳叉野兽

大海里穿梭捕鱼虾

把鱼骨挂在脖颈

把石头磨出火花

他们将和远古的蜀人们融为一体

用风洗净自己，一遍又一遍。

灵魂在异乡漂泊太久，气息奄奄

如果此时河流不急，浪花不动，会看见

船棺中人一饮而尽尘世悲欣

坚实的臂膀不断划动，嘘嘘驶向蜀人们的故乡。

2012-6-27 北京

## 参观泸县宋代石刻有感

从石头中请出的人
又被掩埋在泥土里，和血肉构成的
真实的人一起，那已是南宋年间的事了

被埋的人
埋人的人，都已化为泥土，唯有你们
一直活着，顽强地在地之深处，呼吸
你们知道有一天
会有人把你们请出，就像当初有人
把你们从石头中请出一样
会有人把你们
从地之深处请出，请到阳光下

现在我就站在你们面前
我是暂时的人
你们是永远的人，仿佛我和你们并不曾
隔着
时间的距离、生死的距离
但最终我和你们还是隔着

时间的距离，生死的距离

我去死
你们继续活。

2019 年 北京

## 【贵州】

# 地心之门：大风洞

而地心之门依然张着黑幽幽的大口

而探险者已经弹尽粮绝，他被洞口吐出像一句

绝望的言辞，他已经在洞里三天三夜却压根儿

没有走到洞的尽头

在他泥泞混浊的梦里，地之心脏在沉稳地跳动

咚嗒，咚嗒

他已经要抓到那声音了

他已经要把那声音带到地面了

但突然间一滴水滴到他的梦里把他砸醒

这是亿万年的溶洞

大风洞

他带着这一滴水返回地面

脑中牢牢地嵌着

一朵石膏晶花

2018-10-17 北京

## 地之裂缝：大风洞

在湿漉漉的前行中我摸到的光滑的岩壁

我闻到的黏糊的气息

一切的一切

都与我的生理构造极其相似

我是一个女人

可以生出男人也可以

生出女人，大风洞也是一个女人

可以生出男人也可以

生出女人，当我们鱼贯走出大风洞那条

狭窄而漫长的地之裂缝

男男女女们

被人世之光迎接，仿佛重新出生了一次。

2018-10-17 北京

## 天工开物：双河溶洞

请准备好你的尖叫

在双脚踏进双河溶洞的瞬刻

你这样一个妇人

已到中年的妇人

本不应失态，但有一双手伸进你的喉咙

把你的尖叫拉扯而出

你知道同样的一双手

曾握住斧头：劈开岩石、搬运岩石

摆放岩石

同样的一双手曾丢开斧头：鼓捣岩石

灌溉岩石、建设岩石

什么样的手啊在大娄山的肚腹里：雕刻岩石

塑造岩石、肥美岩石、消瘦岩石、明亮岩石

模糊岩石、清醒岩石、糊涂岩石、古典岩石

现代岩石、具象岩石、抽象岩石、赋比兴岩石、风雅颂岩石、现
　　实主义岩石魔幻现实主义岩石批判现实主义岩石、物欲横流岩
　　石空洞无物岩石天工开物岩石……

2018-10-17 北京

# 双河溶洞

一群钟乳石在双河溶洞修行

亿万年过去了，它们想看看自己修行后的模样

于是神从洞外引进一群水

又一群水

组成一面水的大镜子，神说

看吧，你们

一个钟乳石看见自己修成羊

一个钟乳石看见自己修成马

一个钟乳石看见自己修成草喂养羊和马

一个钟乳石看见自己修成乌鸦

一个钟乳石看见自己修成狐狸

一个钟乳石看见自己修成伊索寓言预备装进乌鸦和狐狸

一个钟乳石看见自己修成妖

一个钟乳石看见自己修成怪

一个钟乳石看见自己修成孙悟空降妖伏怪

一个钟乳石看见自己修成李白

一个钟乳石看见自己修成杜甫

一个钟乳石看见自己修成唐朝以便杜甫遇到李白

一个钟乳石看见自己修成男身

一个钟乳石看见自己修成女身

一个钟乳石看见自己修成洞房供男身女身住入

一个钟乳石看见自己修成佛祖

一个钟乳石看见自己修成迦叶

一个钟乳石看见自己修成花让佛祖拈让迦叶笑

更多钟乳石什么也没修成，还是钟乳石。

2018-10-17 北京

## 地戏：大明屯堡

从地底下涌出的一群神

脸蒙黑纱

额戴面具

他们腰围战裙

手执戈矛刀戟，马不停蹄

要把明代故事诉说

他们七言十言

唱腔陌生

这些锣鼓声中的战神

来自安徽、江苏、江西、浙江

河南，他们被朱元璋调集来到

安顺

剿灭元兵后就再也回不去故乡

一道圣旨，"屯军堡子"

从此异乡是故乡

屯堡

屯堡

大明皇帝早已灰飞烟灭

妇女们却依旧身着马皇后汉服

两耳盖发

头裹白巾

2018-10-18 北京

# 诗：百车河夜谈

漫游者

在此向百车河告别，所有寂静不动的水车

和它经过的年轮，所有在水城如鱼得水的水，所有

在水城如鱼得水的鱼，请接受我迅捷如雾涌迅捷如

雾退的告别

我是漫游者但不是无情者

我见过灯光勾勒的百车河

也听过鸡鸣声中的百车河便已有了

黑暗中也算得清楚自己手指的记忆

阿嘎山

请接受我的告别，盘龙山，请接受我的告别

那个夜晚

你在我抬头的瞬刻扑面砸过来的企图被我们

的夜谈声制止

诗

终究有种神秘的力量。

2018-12-25 北京

## 燕子把宫殿建在哪里

谁能想到
燕子居然把它们的宫殿
建在格凸河上

格凸河当然知道
它抿着深绿色的嘴，死命地保守着
天大的秘密

那看见数十万只燕子飞入宫殿的人
在向我讲述时依然大睁着惊叹的眼
太壮观
也太恐怖了，它们猛烈地扑过来
扑过来，我连忙趴在栈道上，它们
把唾沫把屎
把尖叫声甩到我身上时我感觉
我要被淹没了

黄昏时切记
不要走进这洞里，她说

那是神给燕子建的宫殿

宫殿旁有一个大坑，燕子年老体衰时

就会飞到坑里等死她继续说

真有这么一个"她"对我说？

我在写作此诗时也迷糊了但我确曾

闯入燕子的宫殿在公元 2021 年 7 月

24 日的格凸河上——

那宫殿有一个名字叫大穿洞！

2021-8-2 北京

## 在偏坡学跳竹竿舞

既然双脚已经雀跃而竹竿又在催促
那就上吧，你的血液有风、有冲动

既然血液已经涌起欢乐的布依族少女
轻盈起舞于竹竿间，竹竿恰恰，恰恰

竹竿追着少女秀气的双足却总追不上
竹竿恰恰，少女起落于竹竿恰恰声中

身形多么柔美，仿佛在和竹竿做着
人与自然和谐共处的游戏。恰恰，恰恰

随着恰恰声的催促你已不由自主挪动着
挪动着，你已来到竹竿边那么就此跳吧

一脚踩进竹竿间哪怕踩错了节奏竹竿

也不会咬你，竹竿善解人意，布依族

的竹竿舞啊，永远欢迎你的加入！

2021-12-28 北京

## 【云南】

## 云　南

云南是你的裸体，你宽广的厚嘴唇，夜晚在地下室
回声荡漾，推着一朵云走向家南门。

2004-9-16 北京

## 云庙，舞狮少年

舞狮少年

你看不见他的脸

他们披上狮子的外衣，模仿狮子的

腾 、挪、跳、跃

在一米高的铁柱上转身

扑球

吓得你不断惊叫

舞狮少年

一个舞狮子头

一个舞狮子尾

究竟要摔打多少次才能把一件狮子布衣

舞成一头

真正的狮子?!

究竟要在黑暗中哭泣多少回才能迎来

阳光下的掌声

和喝彩

舞狮少年

我看见你们从狮子的头狮子的身

钻了出来

表情严肃

如同从来不笑的狮子。

2017-7-4 北京

# 红河第一湾

空中没有灰尘
哀牢山不知疲倦时刻催促着满天星
生长，生长
这白色的花儿并未被亚热带气候摧残
太阳按照自己的时令暴晒并未因我们的到来
而降低它的热度，与凶猛度。

六月的红河
水还不够红
必须静等一场暴雨的袭击
必须静等一场暴雨的袭击
在哀牢山的某处那独属于你的角度
你调好焦距，祈祷天意成全
祈祷天意成全

你将捕捉上天在阿邦布下的神迹

看啊
送神迹的人来了

他驾驶着乌云的马车挥舞着闪电的皮鞭发出

雷的轰鸣！

他驱使红土滚滚，滚入红河再迅速收住闪电

雷霆、暴雨，再一次把太阳放出

此时红河绚烂

此时天地屏息

万物竖起耳朵，聆听你按下快门的"咔嚓"声响。

2017-7-8 北京

# 在哈尼梯田伟大的劳作让我们失语

你掏出手机

翻寻出哈尼梯田的冬日之景

收割后的田野宽窄不一，豢养着水

和水里的鱼儿它们游动的影

豢养着天空令人欲泣的深蓝，和浅蓝

豢养着永不缄默的云朵它们的白，或黑

豢养着微风或狂风、微雨或暴雨

豢养着风过梯田翻爬山梁一层又一层

你见过一千道一万道的山梁吗我没有

但我见过一千层一万层的梯田在坝达

在元阳

我见过夏日哈尼族人的劳作养育出的禾苗青青——

这锄头饱蘸汗水开垦出的活命的梯田

在我们的眼里称之为艺术。

2017-7-9 北京

## 云在丽江

云是个梦幻者

走在没有围墙的蓝天上

天真的太蓝了

云真的太白了

丽江的天，丽江的云

丽江的蓝天走着丽江的白云

有的走成棉絮

有的走成绵羊

有的走成心

有的走成花

有的走成母鸡带小鸡

有的走成老虎扑大象

有的走成爱情明亮的眼睛

有的走成死亡悲伤的离别

有的走着走着

就走成一排。在甘海子草地上

我仰头看见这群白云由远及近

走成一支朝圣的队伍

向着骨骼清奇的玉龙雪山——

2020-8-27 北京

# 雨

雨突然砸了下来
暴躁而狂烈，我们惊慌失措撑起伞
丽江却不慌不忙
狐狸脸的黄狗，抖抖身子
往主人家小跑而去，丽江的青石板路
越发油亮了

在丽江，雨是常客
想来就来，无论春夏，无论秋冬
石楠熟悉它，云杉熟悉它，滇朴
熟悉它，大研古镇
束河古镇、白沙古镇，熟悉它
不请自来的雨，大大咧咧，倾囊而出
它的宝物，到丽江的每个角落

雨突然收了回去
干干净净，一滴不见，我们狐疑地看看天
呀
艳阳已经高照，天空清洌，蓝得炫目

116

拧一拧湿透的衣襟，我们原谅了雨的
侵袭、雨的冒犯

因为这是在丽江，因为雨
是从丽江的天空砸下来的

2020-8-27 北京

## 蓝月谷的蓝

我喜欢你毫无遮拦的蓝
赤裸裸的蓝，蓝中有光，光斑闪烁
仿佛太阳在眨眼

我在蓝的身旁行走
没有伸手搅动蓝的意思，我只是行走
朝着玉龙雪山的方向，从蓝月谷望去

玉龙雪山那般雄伟、壮丽
仿佛只需走一千步，就能到达山脚下但是
不，距离永远在你的预期之外，玉龙雪山

你永远走不到。它会后退
一直一直，退到尘世之外，这不是一座寻常
的山，这是神山，神山自有神山的逻辑，神山

自有神山的秘密。从蓝月谷望过去
玉龙雪山那般真切，山梁干净，无有杂物
只有白云牵手、结伴前来，白云登山

毫不费力，一会儿就到山腰，一会儿就到
山顶，谁能为玉龙雪山增高一厘米？白云！

从蓝月谷望过去
我默默祈祷神山赐我灵感，我别无所求
只想为玉龙雪山写下一首，传世诗篇。

2020-8-28 北京

## 【山西】

## 天下黄河第一弯

肃穆啊，黄河！
为这巨大的圆形山所吸引，你在此环绕。脚步

踏出一个同样巨大的圆。你静默，迟缓，仿佛
再也不想前行。黄色的稠浆在蓝天下散发漠然

的静气。全然不理会他们的欢呼和惊叹。
而我失语，屏住呼吸——

脑海中刮起思想的风暴
记忆中的山河教科书在迅速翻页

黄河，你从巴颜喀拉山启程，一路向东
途经青海，四川，甘肃，宁夏，途经内蒙古

陕西，来到山西，你在此盘绕所为何故？

是风尘疲惫已经累了想在此歇息

还是特为留下一景以等候我的必然来临？

公元 2015 年 10 月 27 日

14 时 30 分，石楼县，前山乡，马家畔村

我被黄河巨大的圆所震撼

静静地，静静地流下，久别重逢，的泪水。

2015-11-1

# 跟着黄河一路走

这一路我舍不得睡

我要睁大眼把黄河的每一道波纹数清楚


这一路我舍不得放过黄河岸边的群山巍峨

连绵的山，山叠山，山山之间有瑰丽的景致神幻万端


这一路我看着对岸的村庄和小镇

我在山西看陕西，我在想秦晋之好，也在想秦晋之怨。


这一路我看到山河的壮丽也看到土地的贫瘠

人民的穷困，荒凉啊，荒凉！泥沙在轮下蜿蜒


路终于修到了这里。


这一路我默默祝福吕梁大地，愿你绝美的风光为

广大的风光之外的旅游者所青睐！


2015-11-1

## 春天，杏花

守不住了
春天浩荡，率领春风、率领春雨
一夜之间，拿下了守口堡

再高的城墙
再厚的城墙也守不住了，春天没有腿
没有翅膀
却翻山越岭，一日千里，杀进守口堡
堡内的杏树纷纷响应
举着白色的杏花旗起义
"我在这里"

守不住了
杏花倾倒杏香，作为迎接春天的礼物
杏花探出木门紧闭的农户，向春天示爱
春天春天

快带我去往远方，我也有睁眼看世界的梦想

我也要像你一样，满面春风，走遍大地

2019-4-26

# 晋人关羽

打马驱驰
出解州，出河东，太阳把你的
青龙偃月刀
擦得比雪亮

打马驱驰
入《三国志》，入《三国演义》，你要辅佐
兄长，匡扶汉室，你的青龙偃月刀
要喝血

是非成败的三国
三家归晋的三国
彼晋非此晋，你是此晋，罗贯中
亦是此晋，彼晋司马晋，不是你的晋

一个晋人把另一个晋人塑造成神
《三国演义》的你，大于《三国志》的你。

2018-9-25

## 万荣抬阁

每一个孩子

都在空中被安排了一个位置

每一个油彩满面的孩子，被装扮成关公

貂蝉、牛郎、织女，被装扮成张生莺莺

他们在空中或站

或坐

手握长矛，或青龙偃月刀

无一例外

在远离地面二至三米的空中他们

表情僵硬、惊恐

我亲眼见到一个孩子静悄悄流泪

却不曾哭喊

他

左手执着马尾

右手握着长鞭已经没有

第三只手去擦拭泪水了

这些成人的道具

被各种器械固定在远离地面二至

三米的空中

126

他们是爸爸妈妈

爷爷奶奶的心头肉但此刻他们是

非物质文化遗产。

2018-9-25

## 登鹳雀楼，愧对王之涣

与其说你想登鹳雀楼

不如说你身上的王之涣想登鹳雀楼

每一个中国人

身上都居住着一个王之涣

当然还有其他

每一个中国人到了运城

到了永济

都想去登鹳雀楼

与其说你登的是鹳雀楼

不如说你登的是王之涣楼

每一座被诗歌之光照耀过的楼

都永垂不朽

都亘古长存


这一日你登鹳雀楼

此楼已非彼楼，彼楼已被王之涣移到诗里

留在原地的，彼楼的肉身

早就消弭在成吉思汗的铁蹄下

这一日你登鹳雀楼

登的是一个符号，一个钢筋水泥的符号

黄河东岸

浩渺山川

倘无此楼，则鹳雀何处可栖息

天地以何为标志

黄河东岸、浩渺山川

倘无此楼

则王之涣如何慷慨有大略、倜傥有异才

则你到永济

如何以楼为鉴，照见自己的才薄！

2018-9-26

# 普救寺

普救寺里

菩萨退位

爱情成为主角

爱情就是菩萨

普度张生

普度莺莺

爱情脚踩桂树，小心翼翼

翻墙而过

经由红娘接引

生米做成熟饭

阿弥陀佛

普救寺里

色即是命

命即是色

一部《西厢记》，把普救寺

从万千寺庙里解放出来

使它至情

使它至性

使它千古传唱，成为圣地

一部《西厢记》，爱情和越界

高于清规

高于戒律

高于普救寺

2018-9-26

## 解州关帝庙

一夜醒来
依旧没有找到进入关帝庙的通道
也许我的脚找到了
但我的诗没有

尚未远去的那个上午
2018 年 9 月 23 日，运城，解州
关帝庙前盛大的朝圣仪式
恢宏的鼓乐唤出的古中国
我在

我一个人
坐在一群人中间，想到整个三国最后只剩下
一个人：关羽
他战胜了置他于死地的具体的人
和具体的肉身的死亡

成为神
他如今是关神：战神、财神、平安神

保护神，虽然他并未帮助刘备取得天下
他依旧是神，被历代帝王选中
层层加封

九月的
秋光和肃穆，我静坐在关帝庙的台阶上
从这里走出去的三万座关帝庙
遍布全球各地，从这里走出去的一首诗
尚未写出。

2018-9-27

# 秋分，岚山根

一候雷始收声
岚山根锣鼓急促，钟鸣铙钹俱响，舞台上
三娘正在教子，舞台下两小儿荡秋千
无邪的笑尚留在他们脸颊

二候蛰虫坏户
岚山根蜂拥而进一群人，黄种人居多
白种人黑种人穿插其间，他们
从各自的洞穴出发，来此苏醒
我油腻腻吃了一只猪蹄

三候水始涸
岚山根明月高悬，正月十四，此月来早一日
尚无人为它作诗，为它讴歌。

2018-9-27

# 山河故人：给吕梁

依旧是看得见血脉的山，吕梁山
依旧是静静哺育中华民族的河，黄河

再次踏上你的土地我已是故人
我是你山河见证过的人，故人

我紧紧贴着舷窗微微潮湿的眼我看不够你
起伏的脊骨，仿佛父亲青筋暴露的手那是
握住锄头的手、握住镰刀的手，吕梁

落日将落未落的时辰是黄河最美的时辰
天地开阔、壮丽，每一道水波都蓄积太阳慷慨
的赠予，行步黄河此岸，我是晋人，我从春秋来
我从战国来，我是这片土地不曾遗忘的故人，吕梁

我是故人啊我走了一趟西口去往福建

去往北京，终究还是要回到这里汲取山的安谧

河的沉郁。山是吕梁山，河是黄河

2020-10-20 北京

# 汾酒走到你面前需要多长时间

如何描写汾酒

对于一个酒盲，汾酒亦是茅台，亦是

五粮液，亦是泸州老窖、二锅头，汾酒就是

酒。与其描写汾酒不如描写汾酒城，城具体

而酒虚幻，酒之香、之烈、之口感……

词语抵达不到。词语能抵达的是物

那日中巴驶进汾酒城仿佛驶进盛唐

恢宏的仿古建筑

一路矗立两旁，若无现代交通工具我们得

走上一个白天才能走到汾酒面前

但且慢喊累

你知道汾酒走到你面前需要多长时间吗

高粱的种植

高粱来到汾酒厂以后的发酵、蒸馏、加入

酒曲（而酒曲走到高粱面前又得需要多长

时间！）、出缸、蒸馏，再出缸、蒸馏

是为头茬、二茬……

作为一个酒盲我走马观花获悉

的汾酒制造也许不很准确但汾酒走到你面前

需要一个漫长

又漫长的过程这是真实的

同样真实的还有四千年的悠久历史施加于汾酒

的精湛技艺，以及一代又一代酿酒工人的辛劳

那天在汾酒厂

我看到几个小伙正一遍

又一遍翻倒着一堆又一堆红糁，铁锨

在他们手下哗哗作响，懂酒的诗友说

这是酿酒最辛苦的活

一杯汾酒走到你面前除了经过时间

还得经过酿酒师的智慧

和酿酒工人的汗水我是这么想的……

2020-10-22

# 乾坤湾

神秘的飞碟

停泊于此，不知它来自哪里

亦不知它因何而来。神秘的

飞碟

伏羲曾见过，心有所动，如遇

神启，他在这里观象于天

观法于地，近取诸身，远取诸物

始作八卦。* 浩瀚宇宙

自此有了进入的通道

吾今到此，始知这神秘飞碟乃由

黄河水制造，于群山万壑中

择永和一地，锲而不舍，此水

推彼水，彼水推此水

历 160 万年，方潜移

默化成这天地巨轮

名乾坤湾

2022-8-17 北京

注："观象于天……始作八卦"，出自《周易·系辞下》。

# 壶口瀑布

第二次站在你面前
赞美的词汇依旧没有想出

黄河
什么样的词才配得上你
你的壮怀激烈
你的百折不挠，你的坚贞不屈
阻力愈大，反抗愈烈
峭立的两壁无非等待着被你
撞击，每时每刻
每时每刻！

黄河，你以一水之力
冲向崖壁的那刻就已做好牺牲
的准备，哪怕撞得粉身碎骨也
绝不回头
你浩浩荡荡，集合起
每一碎片继续你永恒的征程

在黄河

和崖壁之间我选择

站在黄河这边

我爱这愤怒的水

咆哮的水，这才是我心目中的黄河

我见过源头的黄河

也见过入海口的黄河，如果问我

最爱哪个黄河，我要说——

我爱壶口瀑布以头撞壁

的黄河，虽九死而不悔！

2022-8-17 北京

# 水与永恒

## ——进云丘山冰洞群有感

时间凝固

水获得了永恒。它们紧紧抱在

一起，被不可知的神秘凝结成冰，永远

不融化，亿万年了，当初的一滴水永远

是

当初的那滴水，不死的水啊，只有不断

壮大的生命，毫无挥发一空的恐惧

在云丘山冰洞群

我感到造化的不可思议，满洞拒绝融化

的冰，无论春秋，无论冬夏，无论烈日

无论狂风，都动不了它们死守洞窟的心

在这晶莹剔透的世界里我没有说美

我只说奇异，我只说自然意志无法探究

我轻轻摸了一把冰

有一些水

瞬间死在我手上

2022-8-17 北京

## 【河北】

## 铜雀台

存在着一个纸上的铜雀台
和事实上不存在的铜雀台

存在着一场三天厚度的雪
和事实上已经不再下的雪

存在着一个按图索骥的我
和事实上对历史无知的我

为何我偏爱在明代末年即已烧毁只剩荒凉台基的铜雀台胜过曹操
　　击败袁绍后营建邺都修建的铜雀台？

存在着"仰春风之和穆兮，听百鸟之悲鸣"的你和我
和事实上仅留在文字中"建高门之嵯峨兮，浮双阙乎太清"的铜
　　雀台。

2014-2-17

143

## 漳河水冻

车过漳河任老兄说那就是漳河

一片被雪冻住的冰河
太白太亮映照出我眼中的西门豹也白而亮

他就在漳河边往河里投进巫妪、弟子和三老
河边哭泣的女子，终于流下一生中最惊险的泪水

那是夏天发生在漳河的有趣故事
死里逃生的漳河，修渠、灌溉，泽流后世。漳河
我如今正经过你的视野，你春寒中将醒未醒的脸
闪现在我僵硬的相机里

你是一条有历史的河，因为你在邺城
我转两次车到此看你，因为你在邺城

任老兄开慢点，这桥忒短，很快就要过漳河

也许我可以把窗外白茫茫的大地叫作漳河？

144

雪中的大地和雪中的漳河究竟有何异样？请说出。

而雪沉默
而雪中的邺城沉默

雪中旷阔、凋敝的邺城，一片灰，一片白，一片灰白
我一来到邺城就有魏人之心了。

2014-2-23

## 篝火之夜

为被激情点燃的树干斜立着
支撑它的是同样为被激情点燃的树枝树叶。

它们
构成了篝火之夜的一半。

河北平山，温塘古镇，残留的青春
啤酒，二锅头，窃窃私语的花生羊肉串

构成
篝火之夜的另一半。

燃烧黑暗的声音，噼噼啪啪。
纷扬的火星闪闪，瞬间前尘。

凝望中的眼，看到了泪水，和明灭的生命。

火
在不断添加的木柴中不断挺直不死的身躯

仿佛青春在自我注射的兴奋剂中不断雄起

——倘若你能拉来无穷无尽的木柴
我就能让火，无穷无尽。

但是火会穷尽这世上的木柴
恰如衰老，会赶走每一个人的青春

你跳过熊熊燃烧的篝火
把青春，永远留在火中。

2013-3-26

## 衡水湖

谁把夏天扔在衡水湖并迅速派遣
七只野鸭浮游在我们的必经之路上?

谁让野鸭穿上黑色的外衣
并教会它们处变不惊的能力?
当人群哄哄从它们身边走过
谁告诉它们
这只是一群能诗
不能湿的家伙在衡水湖他们
无法纵身一跃好比野鸭潜水
凫水
于浩渺烟波中。

谁认出了七只野鸭的前生
仿佛来自湖心的幽魂在说——

148

衡水湖，当年袁绍训练水军准备败给曹操
的地方。

2013-6-23

# 义院口

在北方大地行走
经常能遇到让我心动的地名
譬如那天
众人都往远处望去
看那身躯细窄、腰身蜿蜒的长城
我独独被泥土路旁的绿色招牌吸引
义院口
我迅速地把这三个字写在手机上
它一定能带给我灵感我想
但从昨晚到今晨
我一直被挡在这三个字外面
我的文字一直被挡在这三个字外面
是的当他们
把长城脚下的村庄命名为义院口
这三个字便也具有了长城的含义
只有战斗力够强的人

只有战斗力够强的文字

方能攻打进去!

2017−10−1

## 清东陵

死者生活的土地

备受打扰

以窥视的名义，到底还是进到他们的死亡中

地宫的阴风

阴水

自埋下死尸的那刻起

几百年了？

你几十年的生命怎能斗得过几百年？

逃啊

屏住呼吸

就是皇帝此时也是死尸

你想去看凡人的坟墓吗？

你不想

那你为何要到这同样腐朽的死亡中来看死？

2013-9-8

# 【山东】

## 山　东

我试图全身而出，但力量已留在了你那里。在某段时间
某个空间，我们微有感觉，并且无法全身而出。

2004-10-2 北京

# 黄河入海口

一堆堆细浪鱼一样追赶着我们的船
一堆堆细浪翻滚着
来不及吐气、歇息，来不及喊叫就被我们的
船带往黄河入海口

我们在船上
紧闭双唇，微眯双眼
风掀动的头发凌乱如同说不出的话语
风多么大，海鸥多么安静地飞翔
降落，偶尔叼起它们的食物

我们在船上
我们在黄河上

黄河黄河入黄海
黄河黄河入渤海。

2004-10-1 北京

154

# 囚禁在山东之行的沉默里

囚禁在山东之行的沉默里，不说话
不接受问候和祝福

囚禁在山东之行的沉默里，沉住气
在慢慢的扩散中和秋天一起死去

慢慢地。慢慢地。一点一点流出生命的残余
亲爱的除了余生，我已一无所有。

2004-10-1 北京

## 在临淄

——给自己


亲爱的我们不着急

你看这床，这白色的宽大的床足够装下我和你

35 年的躯体


这永远在患病的躯体 35 年了

一会儿灯火辉煌

一会儿寂然无语


夜晚我放马饮水，马鸣临淄

齐国故城

万千河山在这具亲爱的躯体里


轮回多时——

一会儿红袖佳人

一会儿草莽英雄


2004-10-2 北京

# 孔子的曲阜

这孔子出没的曲阜，有别于他处风景

当我第二次驻足其间

街头的老妪

操着圣人口音向我兜售

与圣人有关的书画


曲阜处处

孔子足迹

国铁招待所的餐厅门楣有四字悬挂

"吾酌若何"

我在心里小声翻译，终究不敢说出口来

我怕一言不对

贻笑大方


满城斑驳时光附着在低矮城墙

时光是灰色的

那停驻草丛安然耙草的喜鹊也是灰色的

所幸今日天气尚好

远天有云从春秋一路赶来

于快门一闪间飞身跃入我的镜头

我来得太晚
未能与圣人当庭切磋，只在倒腾相片的刹那
嗅见他时而严谨
时而超然的背影
在曲阜，孔子处处，你只要背得全他的话语
这鲁国的天下
就可任你行走。

2014-1-16

# 孔庙拜先师

正是冬天
孔庙一片寂静
宜祭拜宜许愿，宜说出心里的小秘密
给先师。

先师先师
我来自福建，现居北京
我写诗已近 20 载，迄今才思枯竭
恳请您午夜托梦
赐我妙笔一支

先师先师
我有夫名子林，现居北京
他已写有论文多篇，与您有关
恳请您继续给他灵感
继续写您

先师先师
我有女名宇，有外甥女名璐

现居福建

恳请您让她们茅塞顿开

学业精进


此时清风徐徐，拂我发丝

风哦，只有你一如既往，游走于古今

只有你见过先师

只有你

能把我的默祷，传递到他耳中。

2014-1-16

# 过尼山

祈祷的人
尼山早已无丘，你的祈祷因此失效

我相信当年当日
颜徵在曾祈祷于此，那时她年轻，脸颊羞赧
内心铺开秘密的呓语
一颗圣人的种子，在祷告中滑向躯体深处

时光急行也罢，缓走也罢
我来的时候圣人已经 2565 岁了
我知道他还将继续存留人世，年增一岁
我还知道，当我离开人世，我将不存。

凉风收起羽翼，过尼山
残阳突然飞起，过尼山
看啊，满车红尘中人，齐齐向右，张望尼山
他们终将相忘于江湖
各自回到各自的土屋

他们没有尼山可供寻访

他们此生的落寞，圣人也无法排解。

2014-1-16

# 忆泰山

如果我不写出泰山，我必被泰山沉沉压死
必死于对曾经游过泰山而一字无成的回忆

必死于困惑、焦虑，和羞愧
必死于杜甫望岳之后收回目光的一瞥，如此冷淡
而不屑。

是的，我曾在缆车中掠过十八盘
因此我对泰山没有记忆，我的脚对泰山
没有记忆，它不曾酸过痛过，不曾向伟大的泰山卑躬
屈膝过。

它看见的泰山和任何一座山毫无二致

如果我遵从我的脚告诉我的泰山
则我对泰山的赞美将受制于它贫乏的感知

我将赞美遍布泰山的石刻，及石刻上的赞美之词？
不，我将赞美你！

那最终完成我对泰山的渴慕之情的你，我的山东兄弟。

我忆起阳春三月

光线热烈以便泰山铺开足够大的阴影把你我埋葬。

2014-1-20 北京

# 与诗人同游华不注山

诗人，今日我到泉城，日头正好，不炎

亦不凉，你望空一记长啸，便有大雁如机翼

飞身降临。你说

我豢养此物多时，此物最为守信、最解人意

亦最知华不注山

你我纵身跃上雁翅，一声走起，但见夏风飒爽

呼呼若人间万物齐声欢笑

莲子湖越来越小，小如黑豆一粒

华不注山越来越近，越来越近，仿佛就要

迎面撞上。

风声中谁在高歌——

昔我游齐都，登华不注峰，

兹山何峻拔，绿翠如芙蓉。

其音浩渺，其情壮阔，其人健拔，其势，不可挡。

我忍不住心澜微动

大雁大雁

你能追得上那个远在唐朝姓李名白的兄弟吗？

而紫烟缭绕

而白云卷舒

风中高歌者，已渺无踪影。

2018-6-16 北京

# 吾师僧朗

那日我正和仇敌打架

我打破了他的头颅，他踢断了我的肋骨

石头们在旁边喝彩

喊

打打打

我们越打越起劲

溅起的尘土遮没天光，花草们纷纷躲闪

但也已被滚得一身汁液流淌

突然天地静穆

万物凝神

被不可知的神秘力量攫住我和仇敌

同时停下手

和脚

心中涌起恐惧和羞愧

我看见一个人向我们走来

他身披袈裟

脸含慈悲，他说，阿弥陀佛

此灵蕴神秀之地，翠峰清泉之所，古木山水

精华凝于此，尔虽顽石，亦当有心

我和仇敌不由自主

匍匐于他的足下：我的师父

我们的师父

我虽顽石，我们虽顽石

亦是有心。

2018-6-16 北京

# 为千佛崖增加一尊雕像

我想在白虎山雕刻一尊我

这样就能把当代元素放置进去

一拨又一拨人到这里看唐朝

然后死去

唐朝还在

我为什么不能在白虎山雕刻一个我

一个当代元素的我

一个灵魂可以串门的我在唐朝

与当代之间

我不相信史书上的唐朝

教科书上的唐朝

我想对我身边的石像们做一个口述实录

我不怕时间漫长

因为我也是雕像一尊

我比他们年轻

比他们有想法

我想在每个日光照耀的清晨脱下我的肉身

四处行走

我要和南平长公主互换衣服，并教唆她减肥

169

时代已到 21 世纪我的公主

你不要老站在这里

你可以伪装成我或者对我也做个访谈

我有好多话想告诉唐朝。

2018-6-17 北京

# 一代人的青春

## ——有感代村知青博物馆

需要有这样一个村落

来安放一代人烈焰焚烧的青春

来安放青春的狂热、青春的口号

青春的冲动，青春的拳头，青春的无知

青春的盲从，青春的锄头，青春的老茧

青春的红宝书，青春的金像章，青春的

疼，和痛。青春的纯真辫子，青春的笑

青春的月经不调，青春的伤，青春的哭。

青春的偷鸡摸狗，青春的彻夜难眠。

青春的苦读，哪怕看不见前景也要苦读

因为爱。

青春的苦闷，被黄土掩埋的理想被老牛拉着的

慢腾腾挪动的岁月，无望。

青春的落地生根，孩子呱呱坠地时你的青春

就老了。

青春的奉献，有的献出了青春

有的献出了生命。

我在一张黑白照片前停了下来

年轻的妈妈

笑容灿烂，一点也不知道她的青春

正在作废。

2019-5-7 北京

# 压油沟的午后

等你请来阳光

招来好风，找到好日子

等你发出邀约

我们就从北京

从上海

来到压油沟


等压油沟槐树花开

淡淡香，核桃树翠绿，叶片拥挤

等楸树壮硕仿佛成熟男人魅力无限

等你用雨水用月辉

把石头房子清洗干净，我们就来

你的压油沟


等你笑靥动人

镰刀一般的银质耳环发出收获的信号

等你青春妩媚如永恒的王妃

等你心花怒放

或突然感伤，我们就来压油沟

就来陪你，和命运说说话

就来帮你打开铁锁锈住的木门

请出你前世的爱人

就来看你们重逢

看你们相认


就来见证

你泪流满面

或暗自欢喜。


2019-5-7 北京

# 【河南】

## 在西峡

在西峡，他的手是飞机场，停着一只
老界岭的瓢虫
风细细地吹
我的身体四处游移
空气无处不在却没有谁
把一个词钉入我的灵魂
在西峡，感觉在寻找中遇到感慨：
世界的风景如此辽阔
几乎使我惊慌失措！

2002－11－13 西峡

## 荥阳记忆

在荥阳
我才知道我最喜爱的 "此情可待成追忆
只是当时已惘然" 的主人李商隐就出生
并埋葬在这里。荥阳埋葬着两个伟大诗人
一个是中唐的刘禹锡
一个是晚唐的李商隐。

说起来这是两个风格完全不同的诗人
刘大体上是乐观的，他的文字总有一个光明的尾巴
譬如 "病树前头万木春"，更不用说
《陋室铭》，"斯是陋室，惟吾德馨"
而李则是典型的悲观主义，诗风沾泪
似乎总在泫然欲泣中。

有论者认为
李商隐是中国象征派的代表，我对古诗
研究不深，无法对此发表浅见。李最打动我的诗
便是前面所写的那两句，我猜测这里面的意思是
一种感情可以留待日后追忆

但产生这种感情的语境已变，再追忆

也便没有用了。


其实更确切的意思应该是

一种感情可以留待日后追忆但是在

产生这种感情的当时语境里

彼此并不知晓。


在去荥阳之前

我不知道我会因某场雨强行切入改变

我对此后行程的设计。我更不知道我会

换了一个脑子回来，目前这脑子正在重新生成之中

它浑浑噩噩，尚未组装完毕。


此前的一切灵感

丢失启动密码，对接不上曾经做的事了。


2008-10-2

## 荥阳往事

在荥阳
有一个好朋友为了鼓励我就对我说
"你是中国当下最才华横溢的女诗人",现在我希望
他赶紧收回。

从荥阳回来后我的才华尽失
想了半天
一定是他在说的时候刘禹锡和李商隐在场了
他们相视而笑,之后使了个眼色:收回此女才华。
然后,我就变成了一个白丁。

我自然不是
"中国当下最才华横溢的女诗人"但好朋友
说的时候我没有拒绝,这是我的不对。刘禹锡
刘叔叔,李商隐李伯伯,就算我当时没否认
很不应该,我现在承认我不是最才华横溢的
我的才华只是你们收回去的那一点点
你们
就把它还给我吧。

人们

为什么你要叫中唐刘禹锡为叔叔

晚唐李商隐为伯伯？论出生，刘前李后，论死亡年龄

刘大李小。应该反过来才对呀。但是……但是他们的

文字气息透露

刘青春洋溢像叔叔

李愁苦伤怀像伯伯。于是，我就乱点鸳鸯

叔叔伯伯混叫了。


《红楼梦》里，史湘云

就喜欢和丫鬟们拇战

挽起袖子，露出白胳膊，一啊二啊混叫。

现在，我能不能把这句话还给我的好朋友

"你是中国当下最才华横溢的男诗人"

我在的地方是新建不久的大楼，没有前朝诗人

我的朋友，你无须担心，尽可安然承受。可是


在"中国""当下""最才华横溢"这几个

定语面前，无论是谁，恐怕都无法安然承受。它们

只是一个目标

摆放在每一个有抱负的诗人面前

你不断朝它们走的时候，它们也在不断后退。

2008-10-2

# 荥阳叙述

刘禹锡

李商隐

和他们张挂在道路两旁的诗词佳句


他们

都把自己埋葬在这块湿润的土地，这里有中华

最古老的文明，黄河在这里分界：

中游和下游，河水

并不判然有别一切的划分只依照

地理学家的认定。一切！


一切既往的战争如今偃旗息鼓

楚汉焉在？只不过是一条干枯的鸿沟

两瓣对峙的群山他们说，这就是楚，那就是

汉


而我们只需听从历史教科书

就兴致勃勃地合影，留念。雨水淋漓

乌睢静默，虞姬遁土，美人

在英雄面前自刎自古便是最美的死法

而英雄同样必须在尚有一丝生之余地之际自刎

这

同样也是，英雄的死法——


你胸怀大志

试图在诗歌这片土地上建立你的伟业！


2008-10-2

# 荥阳的雨

一场雨，在诉说刘禹锡的有情无情。

另一场从李商隐的文辞中走出，否认它来自巴山。

而复制了虞美人脸上泪水的是又一场雨。

再一场，则通过毫无预谋的呼吸连接了楚霸王

千年不衰的剑与血。


一场下在 26 号下午的雨看你手握方向盘

带我逛荥阳：这个城市和我见过的城市

没什么两样而你已是另一个你。

另一场下在 26 号晚上的雨混在出租车起步价 5 元的

拥挤里。下在 27 号上午的是

又一场雨，它与古老城市诗意的历史互相追寻

而不遇。27 号下午的雨则为欢乐的庆典穿上

秋天俗世的外衣。


脑海进出的雨，一直下着。

被雨淋湿的雨，进出脑海。

我在这个城市捡拾到的符号无法命名。

我只是一个匆匆过客不该记得太多的雨。

2008-10-3

# 洛阳看牡丹不遇

它们集体避暑

移居地下，五月中旬，立夏刚过

白马寺里

齐腰高的牡丹树尚在

花却不见踪影

代替牡丹主持白马寺日常美色的

芍药，迎我以

火辣辣的笑脸

灰衣僧人疾步而走，避芍药如避美女

花色太美

也是灾难。对我而言

牡丹亦是芍药，芍药亦是牡丹

佛说

七宝皆属无常

牡丹芍药如是。

2018-5-13 北京

# 奔赴郏县

是处青山可埋骨，他年夜雨独伤神。

——苏轼

雨
在柏树间寻找放它们入尘世的人

588 株柏树，侧向西南，以致夜色
也跟着侧向，以致夜色中的雨，也
有了一副，西南的面孔

西南，西南，眉州的方向
故乡的方向！但你不是已命名此处青山
小峨眉了么

这是你自己选定的归宿地
郏县，茨芭镇，从此多了一个以你姓
为姓的村落：苏坟村。又深又厚的泥土

先是有了你，再有了你弟弟，然后
有了你们的父亲，有了你们的亲人
又深又厚的泥土，适宜埋尸种骨，适宜

186

夜雨，也适宜清风。这是郏县的荣幸
世界之大，是郏县，而不是漳州，被你选中
以致我高铁奔赴，前来瞻仰

先生，我来看你的时候
神道上的望柱、石马、石羊、石虎、石人
已磨损得很厉害，黄土垄中，想必你也

早已无存。但这有什么关系呢？
你又不活在一具躯壳里，你活在你的诗里
词里文里你的大江你的明月里，你活在——

每一个千里迢迢奔赴郏县的我们里。

2019-11-17

# 【安徽】

## 懒悟法师

懒看

懒叫他面前两百位诗人的名姓

懒悟法师在紫蓬山

一方巨石上

表情平静，不喜亦不悲

他这一生，能诗词

懒求工

他这一生，幼秉异慧

被卜者说寿短

被出家为僧

小小孩子能懂什么

但卜者说其寿短

但父母送他出家，为僧。

懒悟法师在紫蓬山神游

以云烟为友

以万壑为朋

习丹青，勤研究

他这一生只做一件事，习丹青

勤研究

人间的懒和尚呀

拿到一幅残画，陈衍庶的残画

仿佛读到半部红楼

心有空缺

人间的懒和尚拿起画笔

续接山水

续接自然。

这一日我到紫蓬山

我参拜懒悟法师于巨石前

亦参拜圆满的，山水自然。

2018-11-26 北京

# 【江苏】

## 常　熟

常熟对你，果然常熟

你一年到此一回，已能嗅出，空气中

残留的晚明气息

常熟对我，却是陌生

我年已半百，依旧是这个世界的陌生人

我对诗陌生，对画陌生，对白茆山歌陌生


常熟对你，果真常熟？

昏黄街灯下面孔模糊仿佛凝滞的这条河

是何名姓？你微微一顿，再答我以脑筋

急转弯的"常熟河"

常熟对我，当真陌生？

不高的楼房，白墙黑瓦，默立于

常熟河畔，处暑刚过，风中有凉爽的秋

光影中斑驳的树和它迷离的枝叶缠绕称之为

合欢

这样的常熟

从典籍中走出，迎我们以讶然的重逢

伤感的往昔，随意在凉亭或站
或坐，便是一幅，天然仕女图。

常熟对每个人
都是常熟，活在汉字中的你，活在汉字中的
我，来此常熟
便是在古中国走了一遭
便能遇到，柳如是的你
黄公望的我。

2019-8-28

## 南黄海的密语

一条鱼用波浪的鱼鳞告诉我

它心事层叠，曾经期待安徒生选它为美人。

一只虾蹦跳着试图把弯曲的身子拉直

它真的很努力但它活着时永远见不到

梦想成真（死后也不行）。

一只蟹横着走路已有多年它每一次起步

都要思考先迈左腿还是右腿？

它和虾相遇在南黄海互相探讨

如何脱下青黑外套换上彩虹

鲜艳的红色？一只老蚌路过此地恰好听到

它们的言语它对小螺说看看，这就是

无知的恐怖。小螺不解其意

（它还太小，不知人间烟火的残忍）

而海带是清醒的它把自己打了几个结

（它希望人们解不开它，放过它）——

一个渔夫用鼻子嗅到了这一切他撒了一个网

让鱼虾蟹蚌螺在餐厅的桌面碰头

当然海带也在其中

当然，这故事不止发生在海域。

2010-9-22 北京

## 月照如东，如我瞬息的心事

月光在如东寂静地长起来，迎接你，和你们
在如东，你们是月光的第一批客人，带着诗歌的情意
和秋天的旷阔（秋天的旷阔就像内心的迷茫）！
你们将与大海的潮声应和
把眺望的影子留给海中的鱼虾收藏
你们流泻如此之多不可复制的爱给如东，如东今夜！
笔在你们胸中荡漾它说，写下，这思绪纷乱的
花开不败，啊南黄海的如东！
范公堤说出了苏公堤和白公堤它们，都是伟大诗人
的心血见证，而文园是幸福的，必要的时刻
它可以让郑板桥复活，让黄慎、袁枚复活。
如东揭开波浪的幕布，盛大的迪斯科开始了！
人们拉着月光舞，扯着文蛤舞
他们知道海水下面还是海水但一天后面并非一天。
你是月光，照见过一切，生死，恩怨。你懂——
你是月光，你懂。
今夜月照如东，划出一道深深的白痕在水面
我披发梦游于此水

在深深的白痕中如入月光之乡

我在热腾腾的如东要撞见的一定是你，你们！

2010-9-24 北京

## 参观钱穆故居有感

离开钱穆故居时
落日在啸傲泾扩大开来的光晕一如既往
一如钱穆在时，一如钱伟长在时，落日
一如既往，钱穆一如既往
钱伟长一如既往

不知名的树枝叶稀疏，啸傲泾上漂浮着
不知名的树的落叶，它们没有见过钱穆
它们亦没有见过钱伟长
这些短暂的落叶们，把我们送出了
七房桥村，此生此世
不复相见

如果不能当太阳
那就只有当落叶

2019-4-2 北京

# 致泰伯

游荡在

你开垦出的土地上我像

3200 年前漫无边际的沼泽被规划

被引导流向伯渎河沼泽于此获得永生我于此

获得

文明的教育

我没有王位可像你一让二让三让

我有青春，可让给流浪

我有诗歌，可让给苦难

我有理想，可让给失败。

2019-4-3 北京

# 梦，荡口一夜

鱼好大

乌黑，滑溜，他把两条大鱼

两条乌黑滑溜的大鱼，抓进塑料桶里

塑料桶白色，安静，但大鱼进去后

塑料桶就不安静了，它哗哗地响着

哎呀一声，他被鱼扎到手了

这很危险

我得去打针，他说完就不见了

我躺在地上睡觉，迷糊中感到

鱼要跳出塑料桶了

鱼要跳出塑料桶了！

跳出塑料桶的鱼一定会咬我

必须醒来，必须醒来

我叫着自己，但怎么也睁不开眼

浑身无力，动弹不得

鱼已经跳出塑料桶了，它在我周围

穿梭着，穿梭着。我一咬牙

强行翻身而起

冲到室外，我要回家，回自己的家

我的家在北京，北京管庄

我拿起手机打滴滴

怎么输入都显示错误，电联他不上

焦虑中看见马路对面我的外婆

依旧在摆摊

外婆外婆，我要回家。别急，回不了家

就住我那，外婆笑着说

不，我要回自己的家。我一辆又一辆

拦着车

终于有一辆悄无声息，停了下来——

"上来吧"，他说

惊喜交加走出梦境

恍惚许久。荡口之夜，我与我的

外婆重逢。我的外婆，姓苏名碧贞

已逝 16 年。

2022-8-6 北京

# 【上海】

## 乘一架直升机去看滴水湖

一架直升机的寂寞

是它不能飞升到滴水湖上空去看滴水湖

一架直升机和我的寂寞

是我不能乘坐这架直升机飞升到滴水湖上空

去看滴水湖

滴水湖：正圆形，直径 2.6 公里，总面积

5.56 平方公里，蓄水量 1620 万立方米，最深

6.2 米。这些枯燥的数字

说不清楚滴水湖的涟漪和秘密——

春涟河被年轻的姑娘们簇拥着

发出细碎的微笑。夏涟河踩着鱼群游动的阴影

一直往太阳的方向游去

秋涟河和秋天互递燃烧的眼神芦苇棒让人

望而羞涩。想象中的三条河

充当了滴水湖的护卫

我知道一架直升机正日夜兼程赶往滴水湖

但愿它的速度足够快，快于我的衰老

但愿我能乘坐上这架直升机

在我衰老前。

2018-5-27 北京

## 雷暴雨

雷暴雨

在浦东的街面追着瑞箫灰色的小车

瑞箫灰色的小车追着地铁二号线上的我

我从浦东机场撤出就像我的航班从天空撤出

雷暴雨

仅仅只是一场雷暴雨

就迫使全体航班从上海的天空撤出

雷暴雨

仅仅只是一场雷暴雨

就迫使罗振亚教授改乘火车一路站到

沧州，就迫使我改换地点

睡到上海绿城瑞箫的床上

当我从二号地铁世纪公园站冒出头

瑞箫的灰色小车穿过雷暴雨的击打

穿过闪电

和李小溪的恐慌（车都抖了她说）

停在我面前！

2018-5-28 北京

# 【湖北】

## 蔡甸，谒子期墓

烈日下的行走

只为来到你的面前

马鞍山南麓，凤凰咀上

你永久地安息于此

高山流水

已随摔碎了的瑶琴成为绝响

峨峨乎

洋洋乎

若无子期，何曾有伯牙

伯牙用终生不复弹祭拜你

我用什么

2021-7-29 北京

# 【湖南】

## 雾在小东江

雾在小东江看见欢乐的人它不知道人为何欢乐

雾在小东江看见悲伤的人它不知道人为何悲伤

雾不是人

不会死去

不会在痛苦无助中闭上不甘闭上的眼

雾不是人

不会爱人

不会为了爱之不得而抑郁而写出泣血诗篇

也不会为了爱之已得而腻烦而最终分崩离析

雾不是人

不会为了一己之私欲而置地球性命于不顾

雾不是人

不会知道一旦地球毁灭雾也随之消散

雾啊雾，雾在小东江

夜夜酣睡，日日早起，晨练三小时，直到太阳东升

方依依散去，依依，不舍。

2012-9-26 北京

# 早安，白薇

早安，白薇

露水中的小广场黑褐，清幽，苔藓茂密

早安，青石板台阶和无人踩踏的寂寞，寂寞的白薇

你好！

我来自漳州你爱人的故乡

我是杨骚故乡的诗人我代替杨骚看你来了白薇

我的前辈！

你和杨骚爱恨纠缠的一生我了然于胸过

不胜唏嘘过

心痛过不平过

无可奈何过

你我相距数十年但再漫长的距离也无法消弭你我之间的共同

我们都是女人！

都在爱中狂喜过绝望过

都被爱火照得光彩丨足又被爱火烧得伤痕累累直全

心死。

早安白薇！

你打出的幽灵塔我还置身其中

你打出幽灵塔最后到达的却是余生凄凉的晚景

你蜷缩藤椅的白发身躯弱小，无助。藤椅是旧的

你是老的

你对一个来访的青年说，我的爱人在漳州。

那个青年姓杨，名西北。

那个青年是杨骚的儿子

却不是你的儿子。

2012-9-26 北京

# 东江湖起意

深邃的绿。触目惊心的绿。在东江湖
我捧起东江湖的水，却捧不起东江湖的绿。

为什么我看到的绿
只愿藏身在东江湖？

为什么东江湖如此爱护它的绿
需要时让水和绿互相走进
不需要时就让绿和水，各安其所？

汽艇破开东江湖的绿
却原来绿的大家庭里住满了白的大浪花

它们在湖面揭开的瞬间欢笑
转眼陷入沉寂。沉寂，沉寂，沉寂也有绿面孔。

那此刻喧嚣如浪的男人，和女人
那终将退出东江湖的男人，和女人

他们一生的某瞬曾在东江湖起意，相爱……被绿撞上

然后分开。

2012-9-27 北京

## 兜率岛的秘密

经历的时刻留下玄妙

承载秘密的岛屿名兜率，在东江湖上

有通往海底的岩溶地貌其形如笋，如柱，如天庭帷幕

如瀑布悬挂，如众鸟高飞又冷然凝于冰川世纪

如太初原始的无人之境

如神话

如地狱

如烧毁的阿房宫重建于此回魂

如推倒的老君炉滚出仙丹万千

如心惊讶收紧

如喊冲至喉间

如一百年才长一公分的钟乳石嘲笑人类未及百年的生命之迅捷

如三生岩上永远有相逢不得相守的红男绿女执手相看泪眼之离别

如远远驰来的电闪雷鸣

如渐渐远去的哀悼形容

如挣扎

如节制

如昨天和明天厮打于今天

如希望和绝望埋葬于无望

如慢慢渗入的痛苦

如使劲恢复的甜美

如你，如我

在兜率岛上种植虚无的脚印。

2012-9-27 北京

# 资兴，桂树飘香

秋天到的时候
桂花就开了
无论秋天到不到，桂花都要开
桂花不为秋天开
秋天却因桂花香

在秋天停止之处
桂香继续走，虽然只是一程
却有一程的自在。

秋天的资兴
满街桂花香，淡淡。
人嗅到了桂香，却看不见桂香影
你在桂香中
你可以是人
也可以是物。

你可以是透亮的光

也可以是细密的雨。

2012-9-27 北京

# 重游岳麓书院有感

当我

在薄雾的引导下第二次步入岳麓书院

我能认出尾随而至的 1999 年却认不出青色山门后

细胳膊的雨。

记忆的迷失长出苔藓

倘不能顺着往事返回，就请斩断时间，时间并非必需

因为我只用灵魂走路

而把身体留在原地，留在，你递我纸巾的虚构里。

2014-1-25

## 石鼓，谈诗
　　——兼致也人、龙少、苏仁聪

一江纳二水
一江湘江，一水蒸水，一水耒水

语言如湘江
也需纳众水，或清浅如小石潭，或
雄浑如大河，语言之水滔滔，取一瓢

即可浇灌枯竭的灵感

这个夜晚我们谈诗
谈语言之于诗的意义，年轻的你
自带一条江，江流滚滚供你取用

而我已人到中年
而我已挥霍完属于我的那条

江

现在是我开始掘井的时候了

2022-8-30 北京

## 衡　山

好像是这样
好像就要触及你了
你又跑开，或者退后，退到我不及
的某处。我说的是纸上的你，文字
的你

肉身的你
曾有两次被肉身的我抵达，但如果我
无能把你搬到纸上，无能在我的笔下
塑造文字的你，我就不能说
曾见到你并曾攀到你的顶峰

祝融峰

因为我会死去
我将无存，倘若不能在一首诗中
留住你，谁能证明我的生命
和你的生命曾经发生过交集
当然你不死，你一直在那里

战国时期

就有一部书*记载过你但那不是

我写的，算不得我的衡山

每一个到过衡山的人

都要有自己关于衡山的记忆

无数人的衡山方是一座立体

丰富

多维的衡山

现在我在努力

用自己的方式，说出我的衡山，第一次

暴雨，第二次烈日，衡山已把它最伟大

的自然意象演练给我，我，能否接得住？

2022-8-28 北京

注：战国时期那本书，名《甘石星经》。

## 汨罗读江

无灯。无人。一江浩荡，撞进眼帘
有点意外却又在情理之中，一江被
屈子选中的水
一江汨罗水，怎能不有别于他处
一江汨罗水，既沉且重，装进了
一个人和他一腔报国之志，报国无门
爱国有罪，一江汨罗水
见证了他的悲愤和委屈，楚国将衰
不能久长，为什么会这样！

一江汨罗水能回答他的
一百七十多问吗？不，不能，我非天
回答不了屈子的天问
但我是热爱屈子的水，我有幸被屈子
命中，成为他最后的归宿
我何幸！

一江汨罗水
从黄龙山梨树塅出发，流经平江，流至

汨罗，有一个人峨冠博带

有一个人面容悲戚

国都已被攻陷，人民流离失所，他的楚国

他为之呕心沥血期待它强大的楚国

即将覆灭

他要赶在楚国覆灭前投身你怀

他死意已决，只等你流经汨罗


汨罗江！

2020-12-16 北京

## 屈子与汨罗江

夜晚来到汨罗江
一片心惊，江面比想象中旷阔、荒凉

无灯的桥上
卡车轰隆隆驶过，脚下的大地
在震颤。汨罗江、汨罗江，你
比我到过的任一江都来得沉重

阴郁！

你沉过一具
伟大躯体的水此生再也做不到
无知、无觉，当他走进了你而你也
接纳了他，用死亡的方式

你是一条与死亡建立联系的河
他已用他的死改变了你的命运

他也是一条河，一条

220

文字开凿的河，其实他一生的
期待无非是与他的王、他的国
相依共存

但他不曾如愿
他被他的王遗弃、流放
至汨罗江。他像撰写遗书一般
记录下的身世感慨、他悲悼郢都被秦军
攻陷、他向天发出的质问……纷纷涌涌
构成了一条现实主义写作之河流传至今

这一个悲剧中的悲剧中人用他的死
使一条江，从无数条江中区别出来

2020-12-16 北京

# 【江西】

## 黄庭坚故居

双井无双福地
大宋四大名家

杭山南麓
修河环绕其前
明月湾中有二泉涌出
遂名双井
有星出世
遂名黄庭坚

崇儒。重节。至孝。
一村四十八进士
与黄家高峰书院有关
有联赞曰
父子公孙满门进士辉文史
诗词书法一代奇才耀古今

绍兴元年

圣旨到，追赠黄庭坚"龙图阁大学士"
修身齐家不外纲常大节
继志述事毋忘孝友先声

先生
今日我在你的故居行走想称你
本家大伯
他说你已改了姓氏

2017-11-5 修水

# 立冬前一日，修水

松树。杉树。油茶树。

杜仲。白术。金银花。

你挤我挤你互不相让地长

长长，长出一座又一座野性莽撞

的山：凤凰山。幕阜山。九岭山。

满眼的绿色

一层叠一层

划出了天际线

立冬前一日

修水没有肃杀的迹象也没有

冰天雪地的意思

二十四节气对南方的修水合适吗

我有点怀疑

南方有自己的自然法则

不与北方同

2017-11-6 修水

224

# 【浙江】

## 哗

肖邦的钢琴曲

和百丈漈的瀑布声哪样

好听我不知道，我只知道

对着百丈漈的瀑布弹奏肖邦

肖邦

会被淹没得，无声无息。再努力

的肖邦也比不过百丈漈的一滴水

它混合在一群水中

前赴后继

跳下悬崖，粉身碎骨前大喊一声

哗

便足以将肖邦打败。再伟大

的作曲家也敌不过百丈漈一滴水

哗，一滴水叫喊着！

哗哗哗，一群水叫喊着！

无须技巧

无须升 C 或降 E

无须大调

或小调只需亘古恒久一个音

哗

便足以打败肖邦，打败肖邦

莫扎特、贝多芬组成的强力军团

便足以打败

人类想象力创造的极致——


一曲难忘啊百丈漈

你只用一个音

便演奏出了最伟大的，山水交响！


2019-12-17 北京

# 秘色：造一个词

在慈溪
我学到了一个词：秘色

词非新词，那些视"秘色"为新词的人
如我，皆应在陆龟蒙面前低下羞愧的头尤其
我们，以诗为生的一群，竟然不知秘色一词
乃陆龟蒙发明——

九秋风露越窑开，夺得千峰翠色来

陆龟蒙在《秘色越器》一诗如此写道
秘色由此而来。秘色是什么色
是比千峰翠色更千峰翠色的色

秘色是上林湖越窑青瓷博物馆所陈列
的盘、盆、碗、盂、钵、豆、敦、俎
簋、匙……所披覆在外的颜色，一种

均衡、柔和，摸上去仿佛

有沙沙质感的颜色（颜色也是能摸到的）
一种介于灰绿之间的颜色但不像是

陆龟蒙诗句提示我们的千峰翠色
的翠色（在我看来，翠有点
咄咄逼人）。比喻终归是
没有办法的办法，于是——

陆龟蒙制造了一个词：秘色！他深知
诗人的天命就在造词，犹如女娲造人

2020-11-30 北京

# 彭公祠

一个福建人
在异乡遇到另一个福建人
一个福建人冒雨前来仿佛为的
遇到
另一个福建人，一个福建人
在你面前顶礼
祭拜，内心有一种欣喜。她看见
自己的老乡被立祠
供奉，便也跟着激动、自豪有如
被唤醒了思乡的情愫。一个
福建人和另一个福建人在慈溪
毫无预感撞见，便以为自己有了
写下这奇遇的责任

她先是在你的塑像前问安
祝祷，以同乡人的身份，再默默记下
你的事迹——

整盐事，革流弊，逐盐霸

229

换盐官，使盐场恢复生产、生意兴旺

最重要的

让盐民的孩子可以读书、赴考，有了

改变命运的机会，由此深受盐民爱戴

被尊为再生父母


这老乡姓彭名韶，字凤仪

号从吾，天顺元年进士。福建莆田涵口人

现永久居留鸣鹤古镇


2020-11-30 北京

【福建】

## 七月回福建的列车上

列车驶过时
窗外的山，山上的草，居然纹丝不动
寂寞啊
寂寞，寂寞离我不远
就在车窗外。

2004-8-14 北京

## 福　建

年轻时我想脱去的故乡

我极力想脱去的故乡，如今还在我身上

并已咬住了我的骨血

我和它曾有的紧张关系

我和它的恩怨，都已被

时间葬送。我悲喜交加

写下：

没有更好的故乡生下我

没有更好的故乡哺育我

也许有

但我已命定属于你

我的第一声啼哭属于你

我的第一次欢笑属于你

我踩出的第一个脚印、写出的第一个汉字

属于你

我爱上的第一个人

我爱上的最后一个人，都属于你。

2018-10-7 北京

# 鸦群飞过九龙江

当我置身鸦群中

飞过，飞过九龙江。故乡，你一定认不出

黑面孔的我

凄厉叫声的我

我用这样的伪装亲临你分娩中的水

收拾孩尸的水

故乡的生死就这样在我身上演练一遍

带着复活过来的酸楚伫立圆山石上

我随江而逝的青春

爱情，与前生——

那个临风而唱的少女已自成一种哀伤

她不是我

（并且拒绝成为我）


当我混迹鸦群飞过九龙江

我被故乡陌生的空气环抱

我已认不出这埋葬过我青春

爱情

的地方。

2013-4-6

# 厦 门

日头高照

万花聚集，你一落脚就踩进了深秋

厦门的深秋

迎你以海水和透亮的空气

迎你以血亲。BRT上，每一个吊带裙女孩

都像是你的女儿：面孔白净

下巴瘦削

双手在手机上快速滑动

眼神专注却不看你一眼

你前世留在此地的种子

你身体中冲出的小母驹

已然长成

日头在前，万花不灭，你骑着海浪来到厦门

深秋的厦门

天空刷满蓝色的油漆

语言的无政府主义者

来到此地。

2018-10-7 北京

## 芳华北路

一株木棉树

立在芳华北路。腰身粗壮的木棉树

已长到三层楼高了

我要跟木棉树一样高

就得爬上三层楼

事实是我经常爬上三层楼

跟木棉树比高

那时我在芳华北路

那时我在区文化馆

芳华北路芗城区文化馆

如果你曾写信给我在 1990 年代

如果你曾像我一样写诗在 1990 年代

你就会记得芳华北路

记得从芗城区文化馆飞向全国各地的

安琪的诗作

记得那个苦闷的姑娘

日日对着木棉树发呆

木棉呀木棉

你这么壮硕这么美

却只能待在这个地方，芳华北路

木棉呀木棉

我没你壮硕没你美

却很想离开这个地方，芳华北路。

2018-6-3 北京

# 在云水古道写生基地

夜晚的鼾声散发酒气
梦语也是醉语，你沉沉睡去，鼾声中
散发酒气，你的灵感和星辰一起发酵
在云水古道写生基地

酒
斗不过他们，他们高声喧哗，天上的秘密
诗是天上的事。他们高声喧哗，人间的秘密
诗是人间的事。
他们把你驱赶到睡梦之中，借助酒的力量
和天明启程的力量
而他们
还要继续喧哗，这一次他们赤裸上身，发白
的肉体有点性感
诗是暂住在发白肉体的事

这一次他们掰手腕
云喊加油，水喊加油，总要有一人率先认输
沮丧攫住了他

然后是欢笑：毕竟我们

不是和死亡掰手腕，我们还不曾

倒在死亡的手腕下

夜晚的鼾声只归我知晓

我从你的鼾声中窃取了酒、醉语，从微信中

窃取了

他们白花花的肉体并把它们

搬运到我的诗中在云水古道

写生基地。

2018-6-13 北京

## 筼筜湖之夜：给妹妹


如何从大海中捞出筼筜湖


如何把大海圈养在城市？南方深秋
天并未寒凉，我们从小学路出发的步子
无须着急
往事无须着急
逝去的父亲在我们的口中出入
他走得太早
不曾看见我的今日，父亲，我如今
一切安好，请您放心


如何从死亡中唤醒父亲


深黑的湖水亦是海水，水边霓虹灯雕刻出的
市政大楼和棕榈树
仰头拍照的老人他的苹果手机，都在我的
微信里永恒
父亲你一生总走在时尚前面但你不曾料到
时代的变化，你不曾发过微信

240

想起以前

你总在我的博客追寻我的动态但如今

我久已不更新博客

如何在一首诗里告诉父亲：我在微信中

一切安好。

2018-10-7 北京

# 过西溪大桥

锈迹斑斑的汽车

玻璃阴郁的汽车，年轻的妈妈两条辫子乌黑

年轻的妈妈带着她年幼的两个女儿

在脏兮兮的座位上坐好

吭哧，吭哧

我们要去石码，我们要去看外婆


5 岁的姐姐

4 岁的妹妹，一样的花格子衣，一样的短黑裙

一个齐耳短发，一个短发上绑着一只蝴蝶结

紧紧地扒着车窗

我们要去石码，我们要去看外婆


汽车一会儿爬坡

爬坡时我感觉胸口一阵堵堵

汽车一会儿下坡

下坡时我感觉胸口一阵挖挖

汽车一会儿爬坡一会儿下坡

我感觉胸口一阵堵堵一阵挖挖

忍不住了

妈妈我忍不住了

哇，早上吃的稀粥早上配的咸菜，全吐了出来

妈妈我也忍不住了

我也要像姐姐一样吐，妈妈毕竟是妈妈

早就准备好了铁口杯

那边接完了姐姐

这边再接妹妹

"快了快了，过了西溪大桥，石码就要到了"

妈妈焦急地望向窗外

吭哧，吭哧

西溪大桥还在六六六粉厂的那头

遥遥无期。

2018-10-7 北京

## 九龙公园：给陈唱

从九龙公园奔跑而出的

漳州的孩子

其中必有一个你：3 岁的小手

紧紧抓住旋转木马

歌声中飞升的笑脸

成为妈妈关于你的最深的记忆

3 岁的小手

还能牵到妈妈的大手

再过 730 天

狠心的妈妈就将掰开你的手

去往北京

再过 5840 天

狠心的妈妈路过九龙公园

四处张望

不见 3 岁的手

3 岁的手已长到 21 岁

21 岁的手

可以拨柳琴

可以弹钢琴

但再也不牵妈妈的手

2018-10-7 北京

# 过海沧大桥

集装箱和塔吊

构成的角度很具现代感，红色集装箱

和银色塔吊构成的角度

与过海沧大桥的中巴、中巴上

二排就座的我、我向外张望的视线

构成的角度

决定了这个下午的美学标准

我从未见过这么动人的海

厦门海

只要角度合适

再辅之以阴郁天气

厦门海也可以有太平洋的壮阔

和苍茫，也可以有人世荒芜感

也可以令人

在欢乐中突然看见死亡的面孔

顿感吾生也有涯

而壮丽风景无涯

吾生究竟匆匆，好比车过海沧

好比我在车中。

2018-11-9 北京

## 月港印象

繁华如梦

覆盖杂草、水葫芦。

立冬将至

此刻尚还灼目的艳阳也许一转身

就凉了，正像月港，昨日

海舶鳞集

商贾成聚，今朝浊泥稠稠

一脸糊涂

河道不见商船，码头静寂

荒芜

卵石铺就的小路只有蛙鸣行走

荒凉行走

月港，一水中堑

依旧环绕如偃月，却已无闽人

由此通番。

2018-11-10 北京

# 前方到站，漳州

暴雨在前方等我
暴雨一如既往，在前方等我

故乡的五月，木棉花已败，满树火红
被长条形的灰褐果子取代。芒果绿意正茂
尚未到金黄遍地的时候。各种不知名的花
在暴雨中等我
前方到站，暴雨。前方到站

漳州。

D3111 卸下了一个恰到好处的人来到一个
恰到好处的地方，就扬长而去，风一样的
身影瞬间不见。行走站台，蓝底白字
漳州！绿底白字，漳州
无处不在，漳州！到处都是，漳州
只有漳州，才是"漳州"两字的故乡

才是漳州人的故乡。我不普通的普通话

是漳州，我凸出的前额是漳州，我海鲜的口味
是漳州，我滴滴打车，手机上自动跃出的地名
是漳州

漳州
远行归来的游子，已在暴雨
和暴雨之后的烈日中，到站！

2019-5-21 北京

# 霍童线狮

绣球跑向空中的一瞬

母狮奋力追出，绣球向东，母狮向东

绣球向西，母狮向西

东，西

西，东，来回数十次的扑球

愤怒的母狮

执意要把绣球扑住

倔强的绣球，执意要脱离母狮的血盆

大口。锵咚锵

锵咚锵，锣鼓急促，空气急促

心跳急促

锵咚锵，锵咚锵，绣球急促

母狮急促，一对小儿女，跟着急促

母狮的一对小儿女

飞奔出舞台，加入了追捕绣球的队伍

妈妈妈妈

我们要帮你捉住绣球

三只狮子和一只绣球建立的下午

霍童的下午

万物隐身，天地间只有一只绣球翻滚

只有一大二小三只狮子咆哮奔逐，只有我们

屏住呼吸

凝神注视绣球和狮子的世纪大战

刀光剑影

悬浮空中，一切的刀光剑影，都在空中完成

什么样的技艺

什么样的神秘，赋予霍童线狮震人心魄的魅力！

2019-5-19 北京

# 趁夜入汀州

趁夜入汀州

趁夜爬城墙，找到

属于自己姓氏的那盏灯笼

熄灭它，让它合眼，睡个安稳觉

趁夜为榕树焚香，默祷，它斜向汀江的躯干

已历千年，千年不倒。趁夜说一说

多余的话，给瞿秋白

先生你"文人积习未除"，怎当得

铁腕领袖

趁夜层层展开，内心涟漪

你知汀州，天下之水皆东

唯汀水独向南

你爱汀州

八闽客家首府，"阛阓繁阜

不减江浙中州"

趁夜书信一封给路易·艾黎

告诉他：中国最美丽的山城

我已来过。

2018-11-10 北京

# 连　城

文川医院的张大夫
刚刚送走一位病人，他在水池前洗手
看见自己的脸，越来越像老中医爸爸

小菜园熙攘的莴笋、芥蓝和红薯
刚刚互相道了一句早上好，就被张三和李四
领进各自的家门，从此莴笋姓张
芥蓝姓李，红薯呢，就归我姐姐
我姐姐姓吴

我的吴姐姐，手脚勤快，拉扯大了一座
小四层楼，也拉扯大了弟弟，大眼睛的弟弟
如今在我身边，他说——

连城是冠豸山的影子走也走不出的地方
一条大龙从童年就住进我心里，至今不曾离开。

2018-11-11 北京

## 【广西】

## 东门吃茶去

——给高世现

弟弟
世界这么大
可吃茶的地方这么多
为何你偏偏约我到东门

因为东门在扶绥，扶绥在崇左
崇左在广西，因为我想让你到广西，到崇左
到扶绥，到东门

弟弟
人海茫茫，尘世中姐姐我
走南闯北，见凡夫、见俗子、见高人
见强手，为何你还让我来东门一遭，见文伟
见曹圣

因为他们都是树菩萨
知道树的脾气、听过树的耳语、珍爱着树的肉身

记刻着树的灵魂

他们在东门迎候你
迎候我，戊戌岁末，将寒未寒，ZH9168 穿过
重重雾霾，把我从京城一路搬运
至姑辽山，山岚正浓，裹千年古树于大梦中
我们小心轻放手、轻放脚
内心却在大喊

吃茶去！
吃茶去！

茶在东门
茶在扶绥
茶在崇左
茶在广西。

2018-12-17 北京

# 东门问茶

从漳州茶厂跑出的孩子
跑到东门，已是中年了

从漳州茶厂跑出的孩子，在东门饮茶
茶色清淡、茶汤微甘仿佛妈妈，年轻的妈妈

捡茶、包茶、装箱、搬运
年轻的妈妈力气大，生活需要她力气大

从漳州茶厂跑出的孩子，在东门问茶：
古树茶古树茶，爸爸在那个世界还好吧？

2018-12-18 北京

**【海南】**

# 临　高

临高：椰子树粗枝大叶

我要像椰子树茁壮成长

我要把你接进我的诗篇就像你迎我进

你的五月——

空气中都是热辣辣的情意

烤白薯的香

烤红薯的香。剥开五月

一只金龟子

匍匐在金沙滩酒店清凉的瓷砖地板上

被我顺便装进手机

临高！视野所及皆是风景

茅草茂盛

仿佛传说

菠萝蜜头顶着头从树根一溜儿

挂到树梢

插一根拐杖也能开花啊临高

海水了解秋刀鱼也了解海面上

每一道皱褶，海水了解夜晚牛蛙对牛的呼唤

也了解诗人们打捞诗句的心

一张白色的大网

撒向星空或者撒向我

我不会挣脱

我是 5 月 17 日蓝色临高的那枚

上弦月

秘密地酣睡在你们的梦里。

2018-5-22 北京

# 竹竿舞

跳竹竿舞的脚

在竹竿的张合中寻找落脚的空隙

竹竿张合的速度鼓点般越来越密

紧紧追着舞者的脚


跳竹竿舞的脚

脚踩狂风怒浪，大海在他的脚上咆哮

汹涌，左边的海要夹他的左脚

右边的海要夹他的右脚

跳竹竿舞的脚

你要把竹竿当成救渡你的船


跳竹竿舞的脚

索性带着竹竿一起跳舞

彻夜不眠的鼓点

紧紧追着他们，追吧

追吧，我们要把这舞

跳到地老天荒。

2018-5-22 北京

# 古银瀑布

瀑布里

掉出一个词，古银

掉出水加水加水加水加水

直接掉进

我们的眼睛里

我们身上插满太阳的万道金箭

像一见钟情的小兽

像呼呼喘气的胖熊

来到你面前，古银

你是瀑布掉出的最大最亮的一滴水

一个词

你掉进了我心里

起初是一粒微小种子

然后是一首成熟的诗

2018-5-22 北京

## 海南之星

群星密布海上是何景象我不知道

符力知道，赤脚的符力本身也是一颗星

海南之星

他率领他青春的诗篇率先来到海上他说

清晨的第一缕阳光会为我的诗锻造加冕

而此时我依旧沉睡于黑夜

群星密布海上而我不知道

群星曾经降临我的睡梦而我不知道

我的诗不曾被群星照亮

不曾被阳光锻造、加冕

我在黑夜中沉睡太久

错过了一趟又一趟，灵感的轻便马车

而符力不曾错过

那个上午我在金海滩酒店醒来阳光已洒遍

世界

我的新我和旧我一起享用到的阳光已是

符力享用过的阳光

我看见符力从海上回来

目光透亮、清澈，我们的海南之星又一次被阳光

磨砺了语言之剑！

2018-5-22 北京

## 过澄迈

你像一首黑瘦的诗

结实的诗，站立在五月艳阳下，你就是诗

起句于临沂

终句于澄迈，或他处


一首诗可以写多久，十年了

此诗精力正旺，迟迟不愿收笔，江非

你个山东夫子、土匪，文武状元，你来此澄迈

便像江河入海

消隐于无形，而永不枯竭。你来此澄迈

与海神嬉皮笑脸

称兄道弟，灌醉海神于月圆之夜

从海神的裤兜里掏出明亮的诗、孤独的诗、花香

羞涩的诗、抵御寒冷的诗……

你个口无遮拦的流浪汉、语言制造者

孤身下车

把我们抛给 CA1356，抛给北方以北

回你诗歌的澄迈

安身立命的澄迈

你个江非!

2018-5-22 北京

## 世界尽头

你在组织语言去回想
去靠近
你在陵水看到的海。语言多么无力
一整面海
向你倾倒而来当电瓶车载着一车
的张望，和惊叹，你已目瞪口呆
眼前所见。一整面海
一整面碎玉铺就的海从遥远的某处
向你斜斜地倾了过来，你的词汇库
瞬间被淹没——

你被海堵住了嘴

你不是没有见过海的人
你一出生就在有海的南方但陵水此时
陵水此刻，当电瓶车一路蜿蜒，爬向
呆呆岛
你被扑面而来的海吓住，那
带来太平洋无穷想象力的海

那壮阔如同世界尽头的海，对！

世界尽头！

2021-10-1 北京

## 深夜看海

深夜
我们依然相约去看海。因为这是没有风
也没有雨的深夜，我们才敢相约去看海

海依旧那般愤怒地咆哮尤其在深夜
白白的牙齿不断咬向沙滩上的我们

对于海
我保持无限的恐惧和恐惧因为我是
不会水的人，还因为我至今看不到
那双
一刻不停抖动如同要掀翻海的手它

究竟在哪里？一定有这样一双手
在看不见的某处操纵着，正是它
让海如此狂烈像一个暴徒

一个发疯的暴徒，我们需站远一点！

2021-10-1 北京

## 陵水：朗诵会

一场朗诵会让你记住的
除了高科技制造的舞台布景
还有
歌手施加于诗作的旋律
一场朗诵会让你记住的
除了被射灯覆盖的看不见的星空
还有孩子们追来
追去的小小身板，和欢闹
一场朗诵会还有阿公
阿婆们时起
时伏的咳嗽声、清喉声，还有手
在手机上不断地上滑、上滑……
一场朗诵会当然还有
居住进文字里的一百个村庄它们
或青春
或苍老的面容。我
坐在一场朗诵会面前，一艘高大
风帆的船舶坐在舞台旁侧

它千里迢迢

刚把一整座南海，从太平洋运来……

2021-10-4 北京

## 【广东】

## 福塘里 3 号

有间柴房

煮毋米粥

杧果树上

小绿杧果串串

串串，杧果丰

节气坏

我南方古谚这么说

龙眼树叶

落了一地

矮小瘦弱大爷

挥舞扫把

扫地忙

岭南天地

一杯好茶

一口软欧包

一群闲人

再转半小时

就要和诗相遇


诗在哪里

龙塘诗社


2018-5-7

## 咏春拳馆遇雨

每一滴

驾云而至的雨都习得

咏春拳法，它们寸劲突发

左勾拳

右勾拳噼噼啪啪

甩你无数耳光

它们呼哈呼哈无惧摔断胳膊

摔断腿

兴匆匆跳将下来

在你身上施展咏春拳法

瞬间将你遍体淋伤

你用发抖喊冷抵御

用咳嗽吓它

它哗哗大叫

迟迟不愿收手

2018－5－8

# 【台湾】

## 行走在台北的五脚居*

我跟跟跄跄的小脚印朝着外公奔去

外公早已张开双臂预备拥抱我，他蹲下身子

肩膀刚好与三岁的我齐高

我扑进外公的怀里

被外公抱进客厅

客厅好暗啊，白天也必须开着灯

外婆一直在忙

一直在忙着她的腌制品，油柑、阳桃

和长满雀斑的小鸟梨

凌乱地堆积在外婆周围

它们将穿上粗盐的外衣被外婆一一

码进

大笨缸的大肚子里

我坐在外公的腿上，听外公

用好听的闽南话有节奏地念着：坦阔

麻梭、定心、伽抓*

然后我就要笑

大笑、非常笑。因为外公要胳肢我了

坦阔、麻梭、定心、伽抓

然后外公就要胳肢我了

外婆外婆

你为什么也笑，外公又没有胳肢你

外公外公，再来一次，再来一次

坦阔、麻梭、定心、伽抓

行走在台北的五脚居微笑爬上我的脸

我跟跟跄跄的小脚印已行走到五十岁

啊行走在熟悉如故乡石码

大码头解北街的台北五脚居

与五脚居之间

我遇见面容相似的建筑

我听到亲切如地瓜的乡音


但已没有

齐我身高的外公的肩膀供我扑向。

2018-12-11 北京

注：五脚居：闽南建筑。行走其间，艳阳晒不到，雨水淋不到。

坦阔、麻梭、定心、伽抓：外公用闽南语念的儿歌。经一干闽南朋友考

证，大意为：桶箍、麻绳、灯芯、蟑螂。但也不能确定。我和妹妹最熟

悉、最温暖的乡音之一，可以视为老江家的家族密码。

# 地理也在选择它的诗人

## ——安琪答雷默问

时间：2012-9-1

地点：南京—北京

形式：电子邮件

雷默：怎么看待诗歌创作与诗人所处地域的关系？

安琪：诗歌的地域性早在《诗经》和楚辞中就表现出来了。《文心雕龙》称北方的《诗经》"辞约而旨丰""事信而不诞"，是"训深稽古"之作，称南方的楚辞"瑰诡而惠巧""耀艳而深华"，并将其原因归于"楚人之多才"：实际上已经指出了地域与诗歌的关系。地域会插手诗歌风格的形成。这里所言地域，除了山川景色、地貌特征等外，还包括自然环境千百年熏陶下的人文环境，比如对外面世界的看法，山里人和城里人显然会有不同。地域对诗人和诗歌的影响是综合的，包括诗人的思想观念、性格气质、审美取向，也包括诗歌的内容、风格、表现手法等。社会的变迁和互联网的蓬勃发展，使得地域的限制逐渐被打破，诗人们外出游走的机会增多，即使不外出，也能通过网络知天下事，了解各种最新艺术，地域性诗人的概念正受到冲击。最理想的方式我以为应该是，有国际化的视野和本土化的情怀，就像帕斯一样。

雷默：请说说诗人与地理的关系。

安琪：从古至今，名山大川、人文景致与诗人关系之密切无须多言，几乎可以说，每个诗人都写过或多或少的地理诗。正是这些诗篇让无数山水熠熠发光；也正是这些诗篇，使诗人的个体生命在与自然的交融中散发出灵魂的气息，并通过这种气息感染阅读的每个人，能否获得响应则视诗人对地理诗写的渗透能力和把握能力而定。那些影响后世无数人的地理诗直接体现了诗人们在时间长河中介入万事万物的能力，以及被不可知力量赋予的传递万事万物的神秘指认。正如骏马在选择它的骑手，地理也在选择它的诗人。

在世界诗歌史上，聂鲁达与马丘比丘的关系是诗人与地理关系的一个强力印证。聂鲁达1943年10月游览了马丘比丘，受到极大的震撼和启示。站在印加帝国的遗址上，聂鲁达明白，他必须写出的诗"应该是一种像我们各国地理一样片片断断的组合，大地应该经常不变地在诗中出现"。

2012年7月，我应邀赴青海德令哈参加首届海子青年诗歌节。德令哈这座"雨水中荒凉的城"（海子语）因为海子短诗《日记》而为世人所知，这是发生在当代的由诗人诗作造就名城的神话。

雷默：谈谈你自己创作地理诗的体会。

安琪：早在福建时期，我就写了很多地理诗，几乎每一次到外地参加诗会，回来后都会有一首相关诗作出手。我的地理诗不是对某一地自然山川的描绘，更多的是发生在当时当地的文化和现实的串接、联想和自我意识的反射。我不主张单纯的描摹状物，也反对传统的借景抒情。我希望在一个地理中融入无限多的东西，这是我在福建时期关于地理诗的一点感悟。2002 年底到北京后，我的业余生活几乎被北京丰富的旅游资源占满，我基本写遍了我能去的每一处北京名胜。因为已经置身其中，也因为内心对伟大诗歌的抱负略有削减，我的北京地理诗更像日记，记录了我在北京的点点滴滴。如果有一天，我的心真的安定下来，也许会有一首与北京相匹配的伟大的诗。

雷默：全球化语境下如何坚持诗歌的地域性？

安琪：文化的全球化意味着，世界上各个国家或地区的各种文化可以构成一个相互冲撞、相互交流的多维网络图景，体现在诗歌上，即为写作视野的扩大化、语言使用的现代化和写作题材的通约化。经常参加国内外诗歌节的诗人普遍有一个共识，即中国当代诗歌与国际的接轨远远强于小说等其他文体，主要原因在于，诗歌是语言的艺术，而小说更强调的是内容。由此看来，语言全球化似乎较内容全球化更容易。也因此，诗歌的地域性显得更为重要，如果能在中国当代诗歌的写作中最大限度地吸纳民族的、本土的元素的话，则中国当代诗歌之"中国"必将凸显出来，有别于他国。

雷默：漳州和北京双重地域生活经验对你的诗歌创作有何影响？

安琪：我是 2002 年底到北京的，此前的交流圈子基本以漳州诗群为主。漳州诗群讲究的是语言的变形、杂糅、不按常理，以对语言"施暴"产生的奇异效果著称，这种写作到最后极易陷入为语言而语言的困境，甚至不知所云。到北京后，各种风格的诗写丰富了我的写作观念，使我在保持语言新锐的同时也开始注意语言表达的效果。北京时期的写作，我想表达的和读者接受的基本能够形成互动，这可以说是诗歌地理改变后的结果。

雷默：你认为中国当代地理诗创作有何需要改进或注意的？

安琪：一说到中国古代的地理诗，人们马上想到的大都是那些描写自然风光的诗。随着现代化进程的不断加快，城市作为都市人的生存空间，在孕育了新的社会群体的同时，也为诗人的创作提供了新的素材。城市人的审美心理、审美趣味无不贯注在城市布局、城市建筑与环境中。城市已不可避免地演变成现代生产力和生产关系的集中地，对此视而不见或避而不写是诗人的失职，也是诗歌领域的损失。诗人作为时代的发言人之一，理应对城市有着敏锐的洞察力和杰出的写作力，每个时代都要有与之相呼应的文本传世，否则，当后人寻找我们这个时代的诗作时，找到的仍是古代那些自然风光诗，这是多么不应该啊。

从我个人的创作实践中我发现，城市化写作对诗人的要求更高，因为我们的诗歌传统是农业文明的传统，体现在语言上，田园山水、风花雪月等经过千百年的诗化，已经成为很诗意的词，而钢筋、水泥、霓虹灯、高速公路等这些城市化的产物在常规思维里与诗意毫不沾边，这就要求现代诗人丰富自己的感知，打磨自己的语言，真正处理好"城市"这个题材。